我願做無憂無慮的小孩

拜倫浪漫詩選

回到蒼涼卻壯美的吾鄉，凝視我幼時熟悉的風光

拜倫 著
林驄 譯

自十八世紀末開始，歐洲颳起了一陣「浪漫主義」旋風，
不滿於資本主義擴張、思想和才情長期受到壓抑等原因，
促使英國誕生了一批擅以優美文筆表達理想訴求的作家。

其中尤以拜倫最為著名，甚至成為一種文化現象，
而他充滿異域情調的風格，更將浪漫文學推向高峰！

目錄

我們不再一起漫遊

親愛的，就此別過。
我們不再一起漫遊，
不再，消磨這幽暗的夜晚，
儘管此心繾綣，儘管月光燦爛。
親愛的，就此別過。
寶劍能夠磨破鞘，愛也能擊碎心臟，
這顆心啊，它要停下來，
愛，也有停歇的時候。
雖然夜色為愛情而溫柔，
但星月消逝，又將是白晝。
在這月色如銀的世界，
我們不再一起漫遊。

致女郎

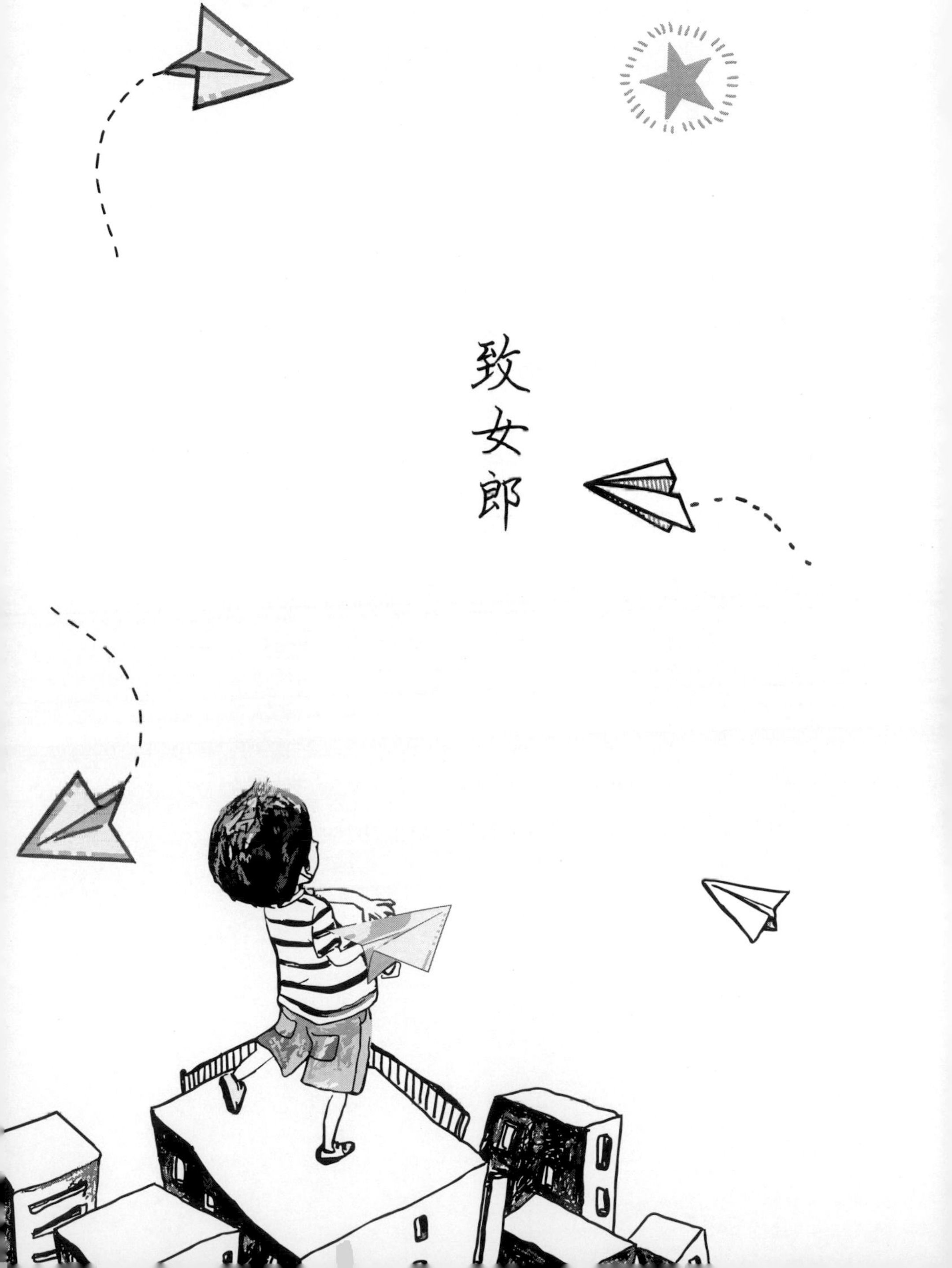

曾綁束妳秀美金髮的髮帶，
今已纏繞住了我，親愛的！
愛情的女神，
使我陷在夢魂之中；
她牢固地捆縛著我的心房。
使妳我之魂同在一席；
使妳我永不分離，
即便面對死亡，我們亦將在一起。
妳嘴唇邊的甘露潔白如蜜，
也不及這生命之羈，
在妳明豔的眼眸裡青春閃爍，
吐露著愛情的綠意。
生命縱然在一呼一吸中消逝，
如花容顏不再，
我也不願，失去妳。
不必再收拾妝容，

妳閃爍光彩的額頭，
連同妳我之心，
永恆地合為一體。

致少年時的友人

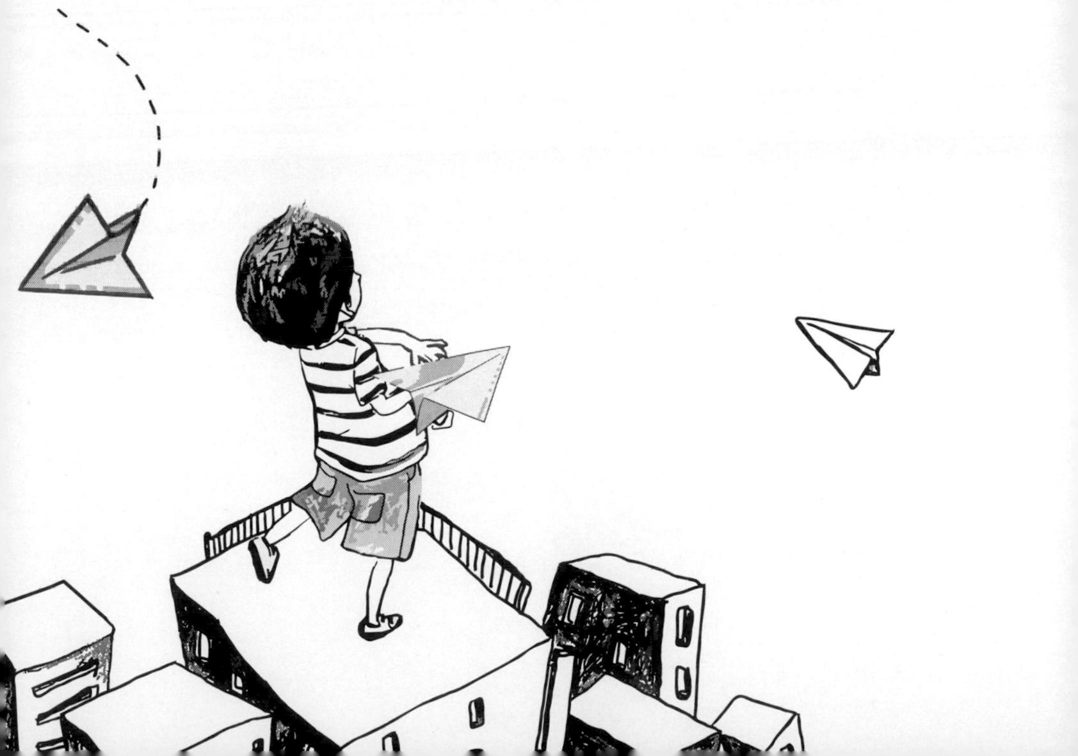

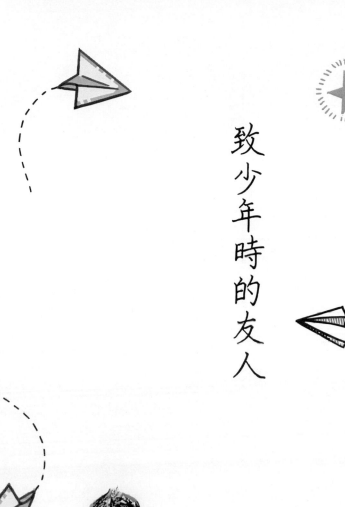

真誠與純潔的快樂，
昔曾屬於你我；
友誼無關乎名分，
故而，我們的情誼堅固且長久。
今日之我，
被俗情和煩惱所困；
逐漸發現，曾經的友情無論多麼熾烈，
都已漸行漸遠。
人心如此善變，
而你的心游移不定，
少時的友情如此脆弱！
禁不住光陰的磋磨。
如果失去了這段情誼，
也不必責怪上帝，
勿須懷疑，勿須懊喪；
是這一切鑄造了完整的你。

像大海之潮，
情誼飄忽而從不疲倦；
怎會有如此熾熱的心靈——
胸中是滾滾的熱忱？
你我共同度過少時年華，
一起享受歡笑的時光；
我的青春已經逝去，
豈忍你永遠留駐在孩童的幼稚中？
我們告別童年之後，
純真的內心已被塵俗所侵染；
嘆息一聲，告別韶華；
成了紛繁世界的奴僕。
少年的春天，歡快和暢的童年！
雀躍歡呼，除卻謊言，
自由的心，不凝滯，無拘束，
目光像寶石一樣閃亮。

而今成年，我們的世界已變幻，
人是命運的工具；
希望和憂戚裹挾在一起，
愛與恨都不能暢快地表達。
已習慣將自我隱藏，
與世俗之人和光同塵；
「友誼」之名已被敗壞，
這亦是命中注定。
我們豈能逃脫命運的手掌？
打破人性的節律，
不去扮演「棋子」的角色？
我的一生在蹉跎中，
生命的星光從未閃爍；
我對惡俗世界始終充滿憎恨，
我甚至不關心自己何時辭世。
你的性格浮浪敏銳，

生命的光輝會一閃而逝；
宛若夜晚之螢光，
不能直視白晝的光明。
呼喊一經發出，
倖幸的人和貴族就會聚集
（王宮花園，卑劣惡俗的溫床，
像毒刺扎進人們的心）。
夜夜笙歌的你不停地歡會，
宛若蟻蟲在人流中；
媚首於強者，同流乎奴隸，
可憐啊，你淺薄而脆弱的心。
在貴婦的衣香鬢影中像蝴蝶一般，
虛情假意，妝容怪異；
像蠅蟲一樣匍匐在花園裡，
在不知其味的花朵間徘徊。
你的熱情像沼氣池中氾濫的臭味，

朝暮不得其所，東西不得其行；
沒有一位貴族女子，
看重這磷火一般幽暗的愛情！
沒有一個人，將你視作朋友來關愛，
也許他心存此意？
你的友誼只配愚蠢的人去分享，
誰肯低下高貴的頭顱，來俯就卑下的你？
勸你早日從浮華中抽身，
拋棄佞幸的情緒；
無論如何，不要自貶人格，
不要將韶華耗盡。

分離之際

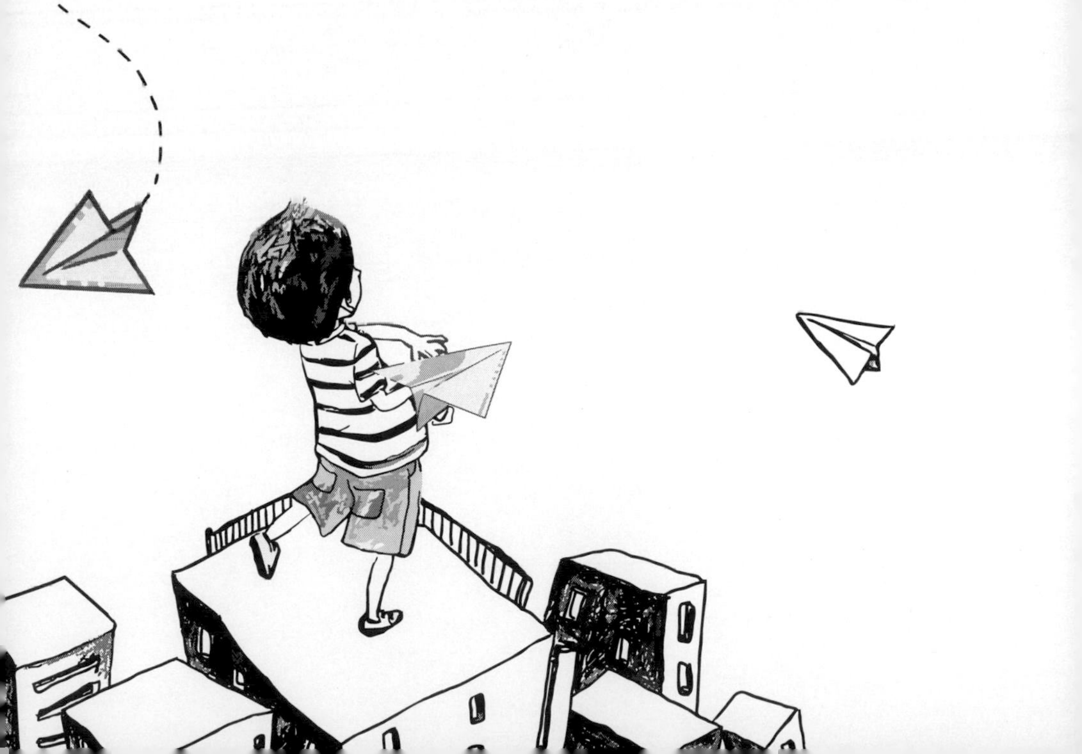

愛已成恨，恨成冰，
冰已成灰，灰隨風，
靜默無語，
黯然於分手的淚影。
那一剎那，預示著今日之痛。
晨光裡是我額角的寒露，
已預告了我今時的心情。
你已蛻變——
蛻變得如此膚淺。
當人們提及你的名字，
我亦覺恥辱。
他們在我面前談論你，
宛若敲響通向死亡之路的鐘。
我顫慄地捫心自問，
往日為何對你情重。
他們不知你我為故交。

過往從密，
我久久陷在悔恨之中。
恨之至深，無可告人。
你我昔曾祕密幽會，
我沉默而悲傷。
你卻自欺，且欺人，
將我們的過往棄之不顧。
在多年之後，
如我們偶然邂逅，
你我將如何面對？
恐只能相期淚眼。

雅典少女

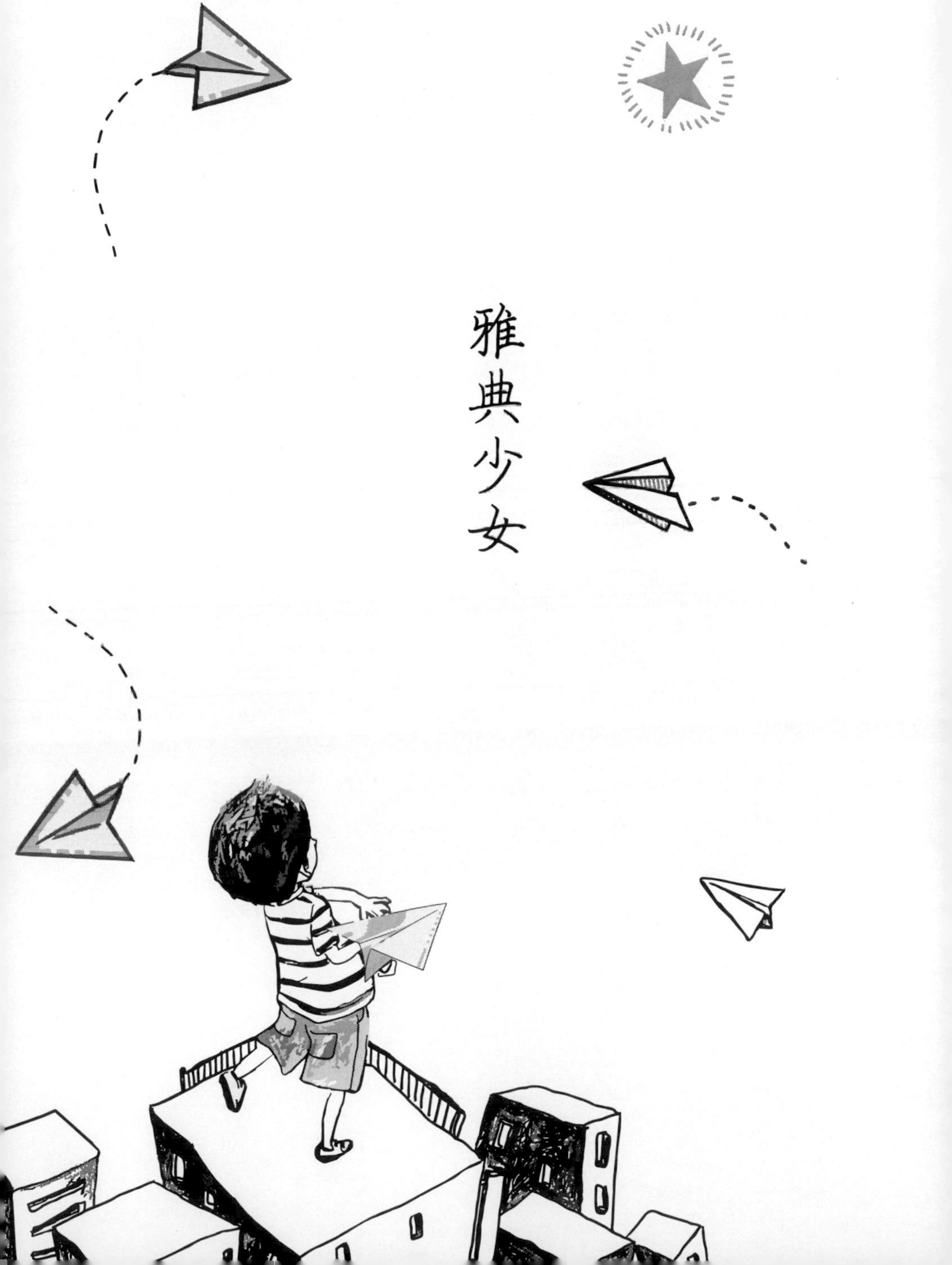

妳是我靈魂的甘泉，
吾之所愛！
雅典的少女，
請將妳的心給我。
雖然我們即將各奔前程，
但我心中的愛永存。
在臨別時傾訴我的愛意：
妳是我靈魂的甘泉，
吾之所愛！
憑風掀起我的鬈髮；
此際，愛琴海的風撫摸著它。
憑我玳瑁邊框眼鏡後的眼眸。
親吻妳絕世容顏。
憑我狂跳的心臟！
向鹿般潔淨的眼眸發誓：
吾之所愛，妳是我靈魂的甘泉。

我渴慕妳的香吻已久；
我多麼想攬著妳細柳般的腰肢；
憑鮮花情定此生，
那勝過世界一切的讚美。
用愛的甜蜜與熱烈向妳致意；
妳是我靈魂的甘泉，吾之所愛。
雅典的少女，
就此揮手訣別。
在妳孤寂的時光，不要忘記我的愛。
雖然我將駛向伊斯坦堡，
但我的靈魂與肉身永將屬於妳：
妳是我靈魂的甘泉，吾之所愛。

訣別

願妳平靜，行在光明之路，
如果永別，願妳獲得世俗的幸福。
我雖然盛怒、嫉妒，
但是請妳放心，我永不背叛妳。
當睡意襲上眼睫，
慣於枕著我胸口的妳，
可曾惆悵？
我溫暖且袒露的胸懷，
已然離去。
我的思想雖然艱深，
但卻擋不住妳嫵媚的眼眸。
妳可曾明白，
往昔生活，不該輕易丟棄。
我的愛人啊，
盡得世人之譽，盡得世間的美，
也只是對妳的侮辱，

皆因為，妳為我所承受之苦。
事已至此，皆因我之錯，
唯有妳摟過我的肩膀，
怎能再找到這般溫柔的手臂，
為我的生命製造創傷。
請不要欺騙自己，
真正的愛不會輕易飄走。
唯有猛烈的撞擊，會將兩顆心分開，
使之決然、分離。
妳的心依然充滿生機，
我的心仍然充盈愛意，
儘管，妳我今生不能一見，
但我，永將承受愛的折磨。
我以無盡之語表達我的悲傷，
宛若哀悼逝者。
我們同處塵世，但卻天各一方，

每天早晨醒來，我都抑制不住黯然情緒，
看著空空的床。
當我們的孩子繞床學語，
妳將從他的身上看到我的影子。
妳是否會教他說，爸爸，
他雖不能直接得到父愛。
但他會用柔弱的小手擁抱妳，
用小嘴兒親吻妳，和妳依偎。
不要忘記啊，我的愛人，
我將永遠為妳祝福，我曾這樣愛妳！
如果妳能在孩子的神情中，
找到我的影子，
妳的心也會溫柔地顫動，
感動愛之於人的誠摯。
妳深知我全部的過錯，
但決然於我的痴狂；

妳將我的希望全部帶走，
它始終追隨妳，和妳一同漂泊。
世間沒有一種感情不會被擊碎；
但世人不會因此被摧折。
（我將愛）獻給妳，卻被妳丟棄，
我的靈魂，因此而逃出我的身體。
我不停地傾訴，卻無法打動妳，
我的所有的言辭，軟弱無力；
我們無法束縛的思想，
像野馬一樣奔逐。
願妳獲得世俗的幸福，就此永訣。
親情的紐帶已經全部斷開，
愛的花朵也已凋零，
死亡之神，卻不肯有一絲憐意。

悼亡詩

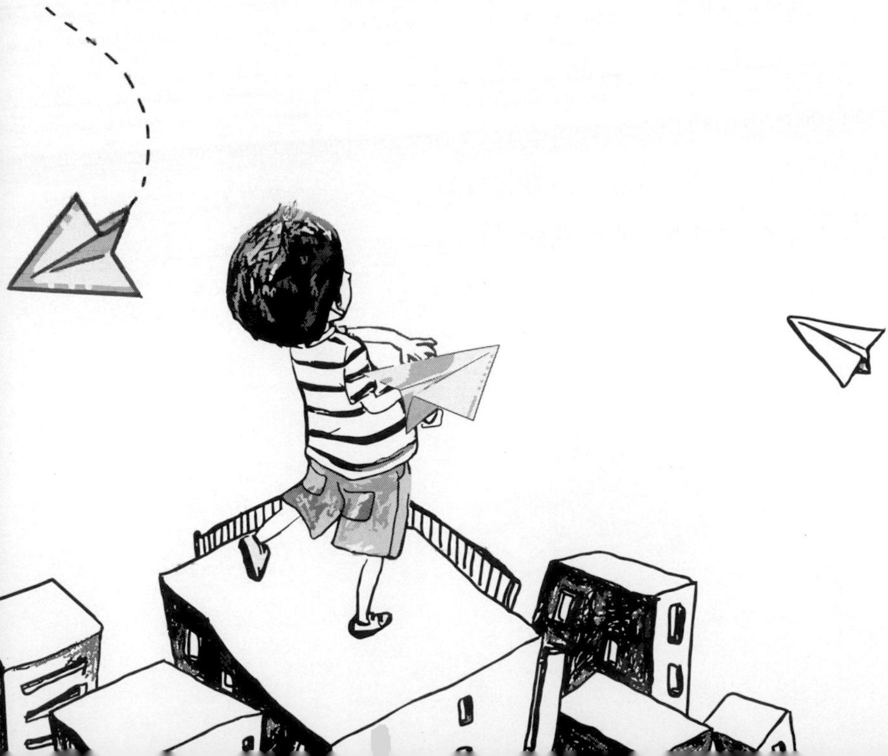

妳已歸於大地——
人何在？花落鳥啼。
身姿綽約，驚世華容，
美人亦成塵，成土。
大地之母接納妳在她的懷裡，
遊人已在妳的墓地裡嬉戲，無所為意。
有一雙深情的眼睛卻被刺痛，
哪怕只看一眼妳的墓碑，心就碎裂。
生死已是兩茫茫，
妳在碧落抑或寒泉？
我只願妳在夢的那一邊，
花兒在那裡開，草兒在那裡長。
我終究還是明白，
我曾經的摯愛，生命的安慰，靈魂的伴侶，
和萬物一樣，會化作塵煙。
記憶不需要墓碑來提醒，

我的眷戀如夢，如閃電，如泡影。
即便是此刻，我依舊愛妳。
正如妳對我一往情深，
往日堅若磐石，
光陰不會令我的愛褪色。
死神阻隔了愛情與生命，
歲月卻偷不去愛意，冷不了心，
即便是人類最重的謊言，也不能改變這一切。
逝者已矣！我的變化和墮落妳都無從知悉，
念及此，好不叫人戚戚。
昔妳與我共享生命的良辰美景，
今卻將苦難留給我一個人。
狂厲的風暴，透明的陽光，
都已不能給妳看，亦不能給妳聽。
在那沒有夢的地方，
靜謐和暢，

我也心馳神往，
我不會哭，也沒有恚恨。
林花謝去是春紅，畢竟匆匆，
竟使我不能看著妳，隨光陰凋零。
華枝晚春，不堪摧折，
縱然西風無意，
也不耐朝來寒風，晚來雨聲。
我只願多採擷香葉，
也不願落紅委身成泥。
俗人眼眉高，抑或低，最是黯然，
纖穠芳華易憔悴。
我不知自己能否禁受，
紅顏消退，青絲白髮。
但我知道，
千萬條晨曦越是燦爛，
尾隨於其後的夜色越加黯淡。

妳的韶光裡沒有一片烏雲，
即便是最後一刻，妳依舊是絕代芳容。
妳是忽然間熄滅的明燈，
不是被時間逐次摧折的花草。
妳像從宇宙深處墜落的隕星，
剎那間閃爍最美的光華。
我若像從前一樣哀傷，
必定已淚泉盈眶。
念及我不在妳身旁，
未能守護妳，
未能觸摸妳被病痛摧殘的臉龐，
未能擁抱妳柔弱之軀以我胸膛，
未能握緊妳無力的雙手，
未能向妳表白，最後的愛意，
這一切就已成了流光。
妳把世上最珍貴的寶物，

留給我賞玩，
然而沒有妳，它又價值多少？
每一次對妳追憶，一切都顯得無意義。
妳對我的愛，是永不泯滅的光，
推開生與死的幽暗之門，
明滅閃爍的時間之流撲面而來，
妳依舊會回到我的心裡，
埋葬了的愛情勝過一切，
除了那些我們共度的光陰。

祈禱

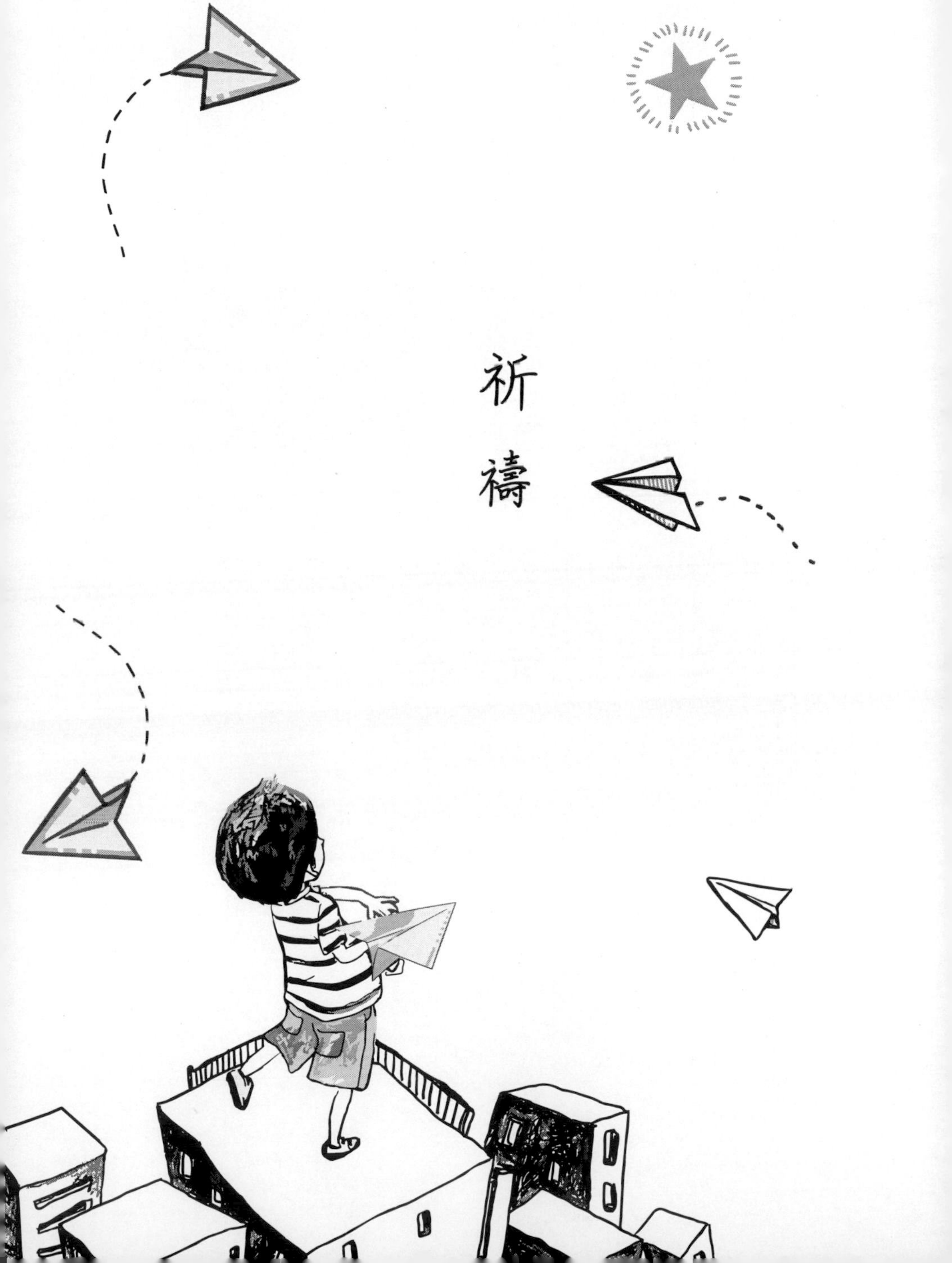

只要妳幸福就好，
我會一如既往地為妳祈禱。
我多麼想，我也這般幸福。
我羨慕他，妳的丈夫，
每思及此，我的心都為之酸楚。
如果他不愛妳——
我會像獅子般憤怒。
妳的孩子，
我亦同樣嫉妒，
我為他純淨的笑容，
而吻他，
也為了妳，他的母親。
讓我陷在深深的惆悵裡。
因為，我在他的臉上看到了他父親的痕跡，
然而，我也欣慰不已——
因為，我在他的臉上還看到妳——他母親的眼睛，完美無比。

瑪麗——

妳的生活如此美好，
我以虔誠之心為妳祈禱。
我未敢在妳身旁留駐，
因為，我的心會成為妳的俘虜。
我相信時間的鐮刀，
我把兒時的希望與戀情一起埋藏心底。
我多麼想再次挨近妳的身體，
看晨光暮雲，和妳一起。
妳眼眸的明光震撼著我，
我的心時而平靜時而顫慄。
妳目不轉睛地凝視著我。
卻未發現我內心的巨變。
妳只看到了，
我絕望而平靜的臉。

再見吧，我的夢想，
往昔的歲月是無辜的——
傳說中的忘川在哪裡。
我的心早已破碎。
找不到從前的平靜。

我願做無憂無慮的小孩

在壯闊高原的洞穴裡棲身，張望，
於空曠蒼茫的原野裡遊蕩；
沉浮於蔚藍夾雜雪白的巨浪；
我願做個沒有憂慮的小孩。
撒克遜的繁文縟節——
與我的自由精神相悖。
嶙峋崎嶇的坡道，
使我為之痴狂，
（我欣悅於）巨石迎接驚濤駭浪。
我厭倦於蠅營狗苟的奔忙，
我不喜歡被奴僕辭讓；
命運之神——
收回大地的豐芳。
讓我回到蒼涼，但卻壯美的吾鄉，
傾聽海浪與岩石的交接；
凝視我幼時熟悉的風光，

我只求看到，我熟悉的地方。
年少時的我，
也有過夢境構築的輝光。
那是一個幻覺，但是極樂之鄉。
（可鄙的）現實，
我不屑於你美麗的光，
（請不要）把我引向世俗世界的泥漿。
我已然明白，
這不是，為我而設的世界。
愛情離開了我，
友情已然遠遁。
這使我的內心怎能不寂寥，
我已失去了原有的希望。
我只能在一瞬間躲避悲傷，
醉酒（固然）使痴愚的靈魂得到振奮。
心裡依然裝滿了淒涼。

讓我恢復友情的甜蜜，
請歸還我青春愛情的美好；
須躲開夜夜笙歌的交際，
否則歡樂徒有其表。
美得不可方物的人啊，
莫非你就是，
我的希望、安慰和整個世界——
連你的笑靨也魅力不再。
我的心怎能不結滿寒冰。
世俗世界是貧乏和安穩的，
我告別它而毫不留戀。
我的滿足來自恬靜——
那是美德以及似曾相識的熟悉。
離群索居，
並不知為躲避。
我想尋覓幽深而遙遠的山谷，

暮靄和晦暗相接。
假若給我一雙羽翼，
（可如）歸巢之鳩鳥，
我也仍然要展翅長空，
去超逸的遠行。

辭別故國

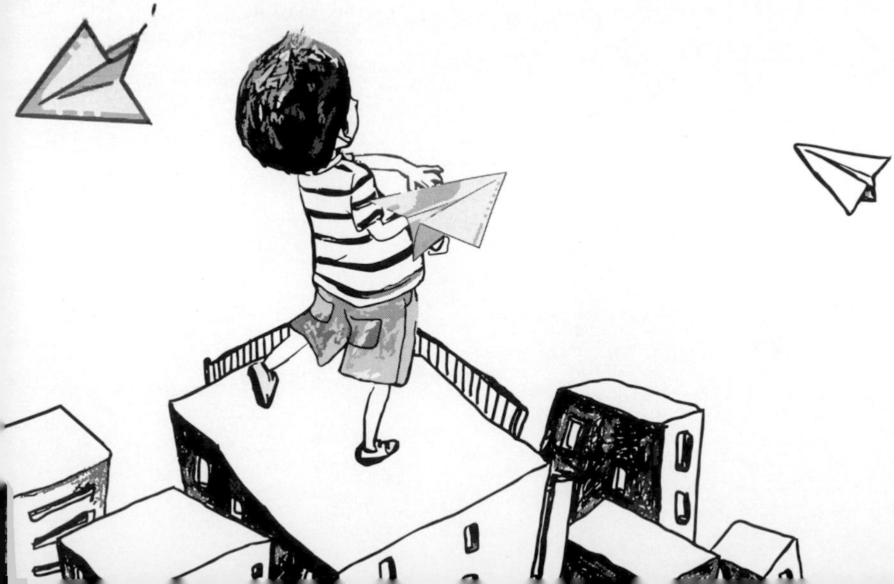

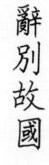

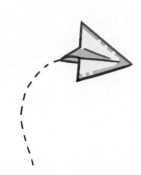

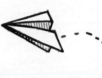

一

別了！我故國的海岸，
別離於入海的江干；
晚風嗚咽，海浪也發出悲嘆。
鷗鳥低徊，如此傷感。
海上的夕陽落下了桅杆，
我的船就要揚帆；
向太陽、向你辭別，
別了！我的故園。

二

月落晨光現，
太陽又會照耀人間，
一切開始於新的一天；
我將大聲呼喚，
——碧海——藍天

然而，我不見我的家園。
軒敞的屋宇已不見，
到處是荒煙蔓草；
野草爬上了昔日的壁垣，
門邊哀鳴著的，是我的愛犬。

三

來吧！我的小書僮，
你為何傷心哭泣？
你為大海的凶險而擔憂，
還是怕狂風掀起激流？
請莫哭泣，我的朋友；
我的船堅固，輕捷，是幸運之舟，即便是家裡最凶猛的獵鷹，
也不能像它一樣追逐風的勢頭。

四

風只管呼嘯，浪只管狂湧，
我從不怕驚濤駭浪；
但是，我尊敬的小少爺啊，
你可知我為何這般悲傷；
只因我拜別了家鄉，
與嚴父慈母分離，
身在貴方，何等迷惘，
我只有你，以及上帝。

五

父親為我祝福，
他從不哀怨嘆息；
母親卻憂慮重重，
期望我早日返家。
哦，我親愛的朋友！

原來這就是你哭泣的理由；
我若像你一樣單純，
我也會潸然淚下。

六

來吧，來吧，我的朋友！
你的臉色蒼白而且惶恐？
你是怕法國人的強悍，
還是怕風暴的肆虐？
小少爺，你以為我貪生怕死？
不，我絕非恐懼戰鬥的懦夫；
我是掛念心愛的妻子，
才被折磨的這般蒼白。

七

看呀，就在湖的那邊，

距離少爺家的府邸不遠，
那裡有我的妻，還有我的兒女；
孩子們想念父親，大聲呼喚，
讓我如何不覺生命慘淡？
不要這樣，我的朋友！
我深知你的悲傷；我也為你感嘆，
但我心堅，
辭別故國大可付之一笑間。

八

誰會相信情人們的眼淚，
那虛假的傷感？
剛才還淚水漣漣，
一會兒又對新歡笑語燦然。
我不畏懼於眼下的困難，
也不為舊情遺憾。

我真正傷心的是：
這世上已無一事可使我留戀。

九

如今我孑然於天地間，
在無邊的大海上揚帆；
我沒有親人與朋友的牽念，
也不為俗情感嘆。
我辭別之後，即便是我的愛犬，
也會追隨新主人；
光陰荏苒，我若靠前，
它也會像對陌生人般將我撕爛。

十

我的舟楫啊，我憑藉你縱橫海上，
搏擊於狂流與飄風中；

你將我從異鄉送到異鄉，
只是切莫回到故鄉。
我將頌揚，蒼茫的海浪！
當陸地向我奔來，
我總是歡呼於遠方的岩窟、荒漠！
我的故鄉啊，從此永別！

為他的女兒祈福

父親啊！既然你為了母國，
祈願勝利的榮光，
既然，神要女兒獻祭，
那就刺穿我裸露的胸懷，
讓我流盡最後一滴血。
我的哀傷已歸於平靜，
由你親手將我送上祭場，
山川無法將我尋覓，巨嶽無法將我庇護，
一切已無可留戀，
這是毫無痛苦的分離。
父親啊，相信我吧，
你的女兒流著高貴而純潔的血液，
如跟我為之企求的福祉，
和我臨死前明淨的思想。
撒拉的少女們啊，不要哭泣，
我為你們爭得勝利；

戰士和英雄們也哀嘆，
我們的母國獲得了偉大的勝利之光！
父親啊！
你所賜的高貴之血已流盡最後一滴，
曾唱出嘹亮之聲的歌喉也已喑啞，
我為你驕傲，
不要忘記我凋零時的微笑。

我曾見過你哭泣

我曾見過你哭泣，
宛若紫羅蘭沾染晨露，
你的淚晶瑩如珍珠，
掛在藍色的雙眸——
我曾見過你哭泣；
宛若朝陽霞光中的林木。
氤氳的晨霧，
未於流光中輕逐。
我曾見過你笑，
宛若寶石的光輝閃耀，
火焰也不再跳躍。
微笑掃除了憂鬱的黑鳥，
像暖陽普照。
伯沙撒（Belshazzar）的預言，
君主踞於高高的寶座上，
高官們熙熙於華堂；

數千盞水晶燈一起閃亮，
宮廷的夜宴燦爛輝煌。
一千盞純金的酒杯——
這是神之器——
本屬於天國，
此時卻歸於異教徒。
一隻手顯影在牆上，
書寫字行，
宛若潮水湧過沙土。
這是世間從未見過的手臂，
但卻與人類的手一模一樣，
字跡留在牆上，
彷彿是出自魔杖。
君主受了大驚嚇，
臉色死灰如土，
聲音顫抖而無力；

他慌忙下諭旨撤銷宴席，
詔來帝國的智囊、著名的學者、占卜者，
要他們解讀牆上留下的字行。
加爾底亞的占卜者富有智慧，
然而對牆上的字卻一無所知，
那些神諭，宛若天書般難辨。
巴比倫的飽學之士滿腹經綸，
智慧的長者學識深厚，
然而依舊徒勞。
他們瞠目結舌，無一人識得牆上的字。
帝國境內有一位囚徒，
那是來自異域的青年，
他奉君主的詔令，
也來破解牆上的神諭
——傳說中的預言。
水晶燈照耀宮廷的四壁，

神祕的字宛然寶劍所刻；
他立刻解讀了語言，
次日便得到驗證。
「加爾底亞國氣數已盡，
已掘好伯沙撒的墳；
將他置於審判的天平，
其輕如鴻。
以君主之袍服為裹屍布，
華蓋成為墓碑；
瑪代人衝破了宮殿重門，
波斯人登上君主寶座！」

哀希臘

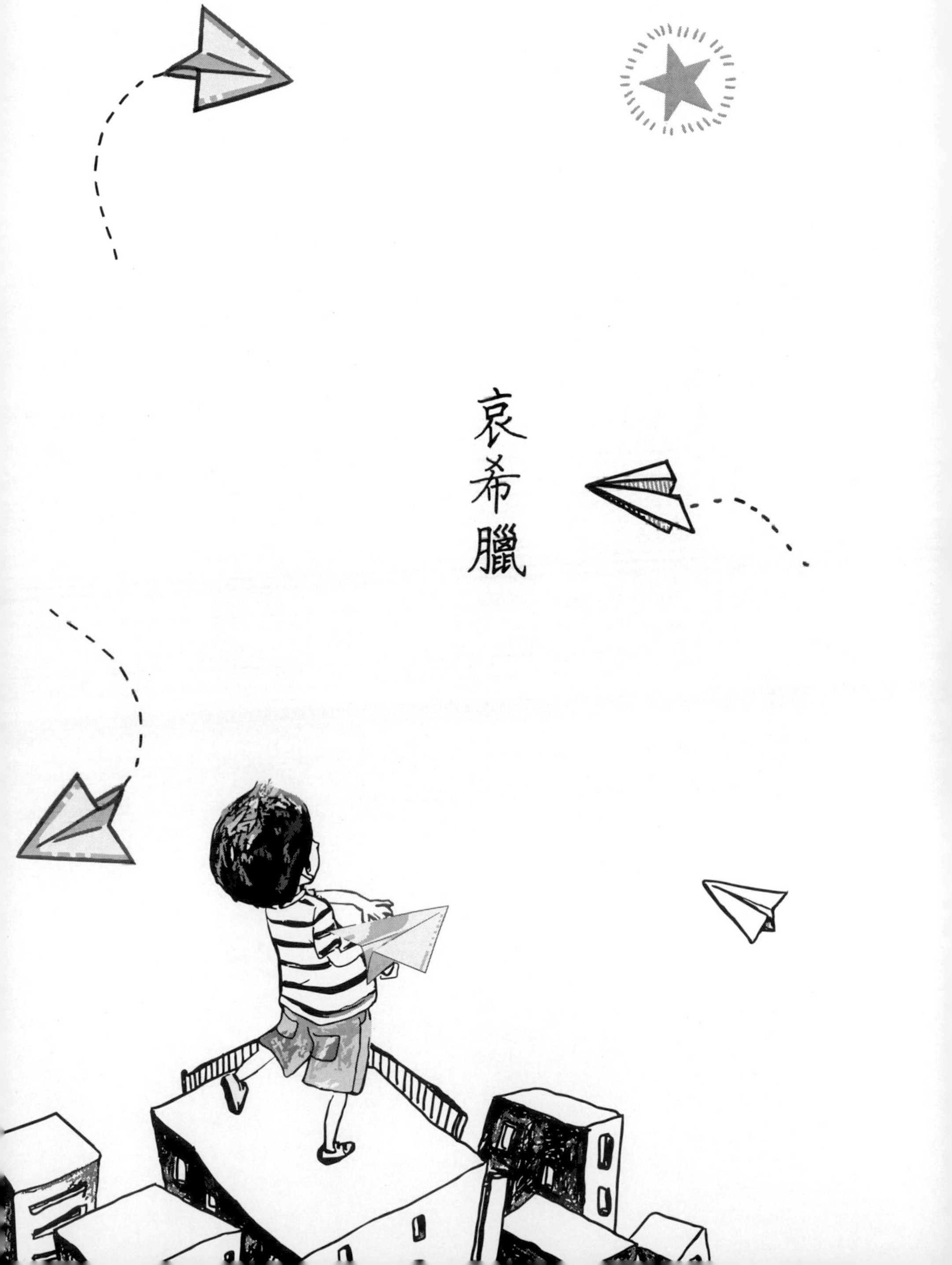

一

希臘啊，壯美的希臘諸島！
熱情的莎芙（Sappho）曾在此唱過戀歌；
在此，戰鬥與藝術之花一同綻放，
提洛島升起，阿波羅飛出大海！
永恆之夏將希臘群島鍍上金色，
可是，除了太陽一切都已沉淪。

二

凱奧的繆斯，提奧的繆斯，
英雄的金色豎琴，戀人的銀色樂器，
曾在你的海岸奏鳴，
如今卻在它的源頭嘶啞；
哦，歌聲已經漂流西部
超越於先祖的島之樂園。

三

蒼蒼的山巒俯瞰馬拉松，
馬拉松遙望萬頃碧波；
我獨立於此冥思，
夢想著希臘恢復自由的榮光；
因為，當我站立在波斯墓碑前，
我不能想像自己是一個奴僕。

四

一位君主獨立危崖，
眺望海外的薩拉米斯；
港口停靠千帆與木筏，
還有萬千大軍緊跟著他的戰馬！
晨光微露時他清點人數，
但紅日西沉後他們都在何方呀？

五

如今他們在何方？你在何方，
我的偉大母國？在沉寂的大地上，
英雄的讚歌已淪喪——
英雄的心也不再跳動！
就連你珍愛的豎琴，
莫非也將遭到我低俗的賞玩？

六

好吧，躋身在奴隸者的族群，
儘管榮譽化為雲煙，
但一個愛國者的憂懷，
讓我作歌時憤懣；
因為，詩人在此能有何成就？
為希臘人含悲，對希臘掬一把熱淚。

七

我們難道只會溪亭垂淚？
而不知慚愧？我們的先賢曾經流血。
大地！把斯巴達勇士的骨骼
從你懷中釋放幾個吧！
就算只有三百勇士中的三人，
也能讓溫泉關戰役再現！

八

呀，仍然是萬馬齊瘖？
不！傾聽那古代英雄的長鳴，
像飛躍之下的河流歡呼，
他們回應：「只要有一個人活著，
登高一呼，我們就歸來，歸來！」
可惜！現在的活人卻毫無聲息。

九

罷了，罷了；嘗試別的方法吧：
倒一杯薩摩斯的醇酒！
把戰爭留給土耳其人，
讓凱奧的葡萄酒如血流淌！
聽啊，酒徒們歡呼雀躍，
他們對這不名譽的號令發出了回應！

十

你們還會皮洛士（Pyrrhic）的舞蹈，
但皮洛士的方陣在何方？
這是兩課，為何只記得其中之一，
而把高尚與堅強的美德忘記？
卡德摩斯（Cadmus）創制文字，
難道是賜予奴隸？

十一

把薩摩斯的美酒斟滿！
我們暫且拋開這個話題！
這酒水曾讓阿那克里翁（Anacreon）為神歌唱。
不錯，他曾屈服於波利克拉特斯（Polycrates），
那是一個瘋國王，
但這瘋子至少是希臘人。

十二

克森尼索的瘋國王，
是自由者最忠實的友人，
瘋國王米太亞德（Miltiades）留名至今！
呵，但願我們現在能夠擁有他，
一個國王和他同樣聰明，
他聚沙成塔團結我們不受外凌！

十三

把薩摩斯的美酒斟上！
在蘇里的岩峰上，在帕爾加的海岸上，
住著勇士最後的子嗣，
他們無愧於斯巴達人之母所生；
在那裡，優秀的種子傳播，
也許，是海克力士的骨血。

十四

自由無法依賴外人，
別國的君主只看重交易；
希臘之劍，希臘的勇士，
是戰鬥的唯一希冀；
土耳其的炮火，拉丁的欺詐，
會內外呼應打倒希臘。

十五

把薩摩斯的美酒斟上！
樹蔭裡跳舞的是我們的女子，
她們的眼睛烏黑雪亮，
看著她們美豔的模樣，
我不禁熱淚盈眶，
她們，難道也要養育奴隸？

十六

我攀爬蘇尼恩的峭壁，
可以聽見人們的低聲細語，
讓我像天鵝之死般哀鳴，
我不願做奴隸之國的子民，
不如把薩摩斯的酒杯毀棄。

你臨終時刻

你臨終時刻，聲名載於史冊；
你故鄉的歌曲為你謳歌，
記述她英雄兒子的傳說，
將他用刀劍戰鬥的故事傳播，
他事業的輝煌，他戰鬥榮光，
以及他所奪回的自由！
我們已獲得自由，縱然你的鮮血潑灑，
你不會與死神交接；
你身上的高貴血液，
怎麼會流入土壤，
它正在我們的血脈裡迴響，
你的靈魂寄予我們身上！
你的名字是進軍的號角，
號召著衝鋒的勇士，
合唱曲的主題——永遠是對你的頌揚，

從少女們的歌喉中飛出旋律；
慟哭有損你的榮譽，
你絕非被哀悼的英豪！

黑袍修士

注意啊！注意！那黑袍修士，
他坐在石碑旁；
半夜時分，他猶唸誦經藏，
像昔日大彌撒時閃亮。
當阿蒙德維——山區最有權勢的人，
高舉權杖，
占領了修道院的廳堂，
驅逐修士們，只有他，
不離不棄，不曾倉皇。
占領修道院的士兵們高舉國王法令，
收回教會之地，強令修士行世俗人的生活；
士兵的利劍輝映臂膀，
熊熊火把，恣肆瘋狂，
修士們無人抗爭。
只有這黑袍修士被留下，
沒有被驅逐，也沒有被抓捕，

但卻不像凡俗中人；
他有時閃現於走廊，
有時飄忽於教堂，
白晝看不清他的模樣。
他能夠賜福，還是降臨災異，
無人知道，
阿蒙德維的這座府邸，
未見他離開。
當主人家大婚，
大禮時，他總在一旁；
當主人家居喪，
他也不缺席——但不是悼念。
主人的幼子誕生，
他卻放聲悲慟；
這古老的家族即將歷劫，但不會新生。
他在月光下飄動；

只見移動的身形，卻看不清面孔；
他的臉覆蓋黑巾，
在一瞬間瞥見他的神光流溢的瞳孔，
詭異如同黑天使降臨。
注意，注意呀！那黑袍修士，
他依舊擁有神祕之力，
他接任教會的大統，
輕視世俗間的權力，
白晝，阿蒙德維發號施令，
幽暗的夜，黑袍修士才是真正的主人，
他的威權，無人敢問，
甚至在宴會酒酣時，
也無一個官吏敢質詢。
當他漫步時，請不要和他說話，
因為他默然無語，
他披著黑色的教士袍子走過，

就像露珠從草間滑落，
不論他的善惡，
願上帝保佑他，
不論他為何而祈禱，企求什麼？
願他的靈魂得到救贖。

最後的勝利

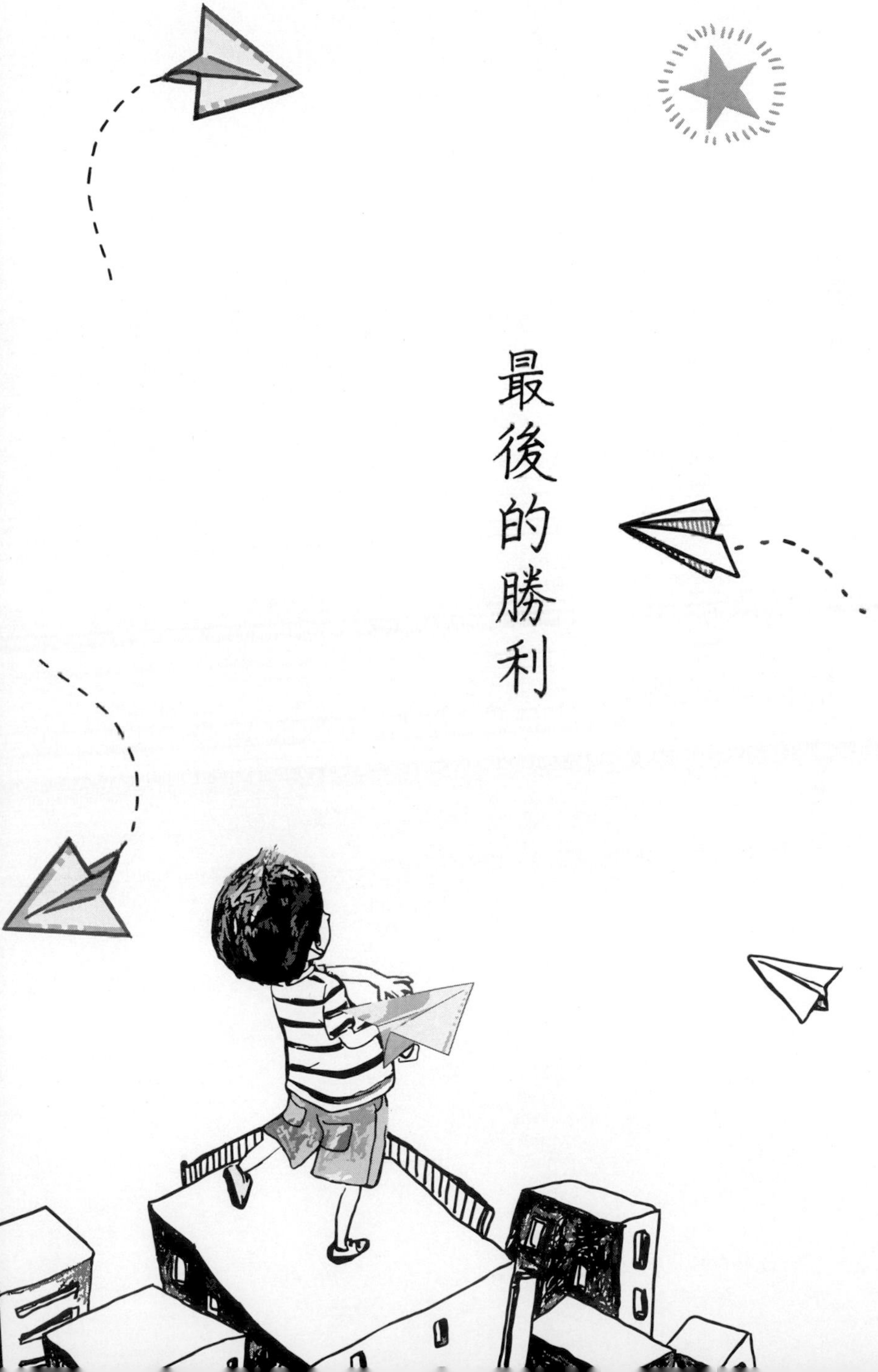

多少光陰逝去，
科林斯累遭戰火與風暴，
她巋然不動，淵渟岳峙，
一座受到神庇護的自由之城。
任憑烈風攻掠，山呼海嘯，
她潔白而偉岸的岩石，依然安詳。
宛若大地之基，
傲然挺立在山巔。
她是兩脈巨流的分界，
（巨流）在山岩兩側漫捲波濤，
相互撞擊，洪波湧起，
然而，卻在城下溫馴，停駐。
從提摩連廝殺中的男兒，
到波斯入侵者潰逃，
科林斯歷經腥風血雨，
伏屍百萬，流血漂鹵。

戰亡者之血若從大地湧起，
將成赤色之海，
淹沒平靜的地峽；
戰亡者之骨若累累相積，
將成白骨之塔，
塔之巔白雲飄飛，
塔之下大地靜默，
勝過屹立在雲端的雅典衛城。
在鐵青色的西斯隆山上，
兩萬支鐵矛閃爍寒光，
山下的平原地峽，野花芬芳，
從港口到海岸，無限蒼涼，
連營的帷帳，
在敵軍的進襲線上。
新月之幟下的森然鬚髮中士卒迷茫，
土耳其人的騎陣中殺伐跌宕；

從遠至近，視線所及的地方，
頭纏長巾的士兵列陣海灘上；
阿拉伯人安撫焦躁的駝群，
土庫曼人離開羊隻；
韃靼人迴旋戰馬，
戰刀懸在皮帶上；
轟隆之聲宛若雷鳴，
大海的怒吼也顯得安靜；
護兵坑已掘好，大炮就位，
城牆在炮火中崩塌，
矢石掠過充滿死亡的大地；
戰爭的飛鴉撲向城頭，
炮石的鋒刃劃開天空；
然而，城市的守衛者絲毫沒有退卻，
他們將怒火還給入侵者，
箭矢與拋石準確地落在敵陣中，令敵死傷慘重。

在破城的敵人中，
有一人最為勇猛，
他手段凶狠，策略高明，
遠在鄂圖曼子弟之上；
他有犀利的刀劍，傲慢的眼睛，
像從屍骨相藉的戰場上凱旋的國王。
他衝鋒在前，銳不可當，
他擊打著胯下汗水淋漓的戰馬；
在箭矢中反覆衝殺，
即使最勇敢的土耳其人也為之驚懼。
城防的炮臺始終未能奪取，
他立即下馬驅策士兵進攻，
鬆散的士兵們凝為一體，
在他的帶領下前進，
就連伊斯坦堡的蘇丹也為之讚譽，
他就是艾爾普，亞得里亞海的叛逆者。

他出生在奢華之都——威尼斯城，
他的先祖曾是那裡的望族，
然而他已拋離故國，
投向敵人。
他已剃光前額，圍上長巾。
科林斯主權已變，
與希臘一樣，同歸威尼斯管轄。
在此岩石鑄就的城下，
面對威尼斯和希臘，
那屬於彼者又成彼之敵。
這年輕的叛逆者為之激動。
在他熔岩般的胸腔下，
聚集著岩漿般流溢的痛苦。
對他而言，威尼斯已非自由文明之都。
聖馬可的殿堂中，已種下無名者對他的詛咒，
於「獅之吻」中寫滿對他的憎惡言語。

他及時逃離，
在後來的歲月中鍛造於戰鬥，
使故國明白，他要高舉新月之幟復仇，
未雪恥，毋寧死。
並非為復仇，
艾爾普才蹉跎如此之久，
他思慮破城之術，
督促土庫曼戰士進擊。
艾爾普也曾擁有希臘人的身分，
他曾滿懷希望，
試圖迎娶科林斯城中的少女；
卻被她嚴苛的父親嚴厲拒絕，
在此之前艾爾普樂觀平和，
無變節之惡；
他曾徜徉於遊船，盡興的跳舞，
留戀於狂歡夜，

彈奏小夜曲，
獻給夜晚的義大利少女，
呀，亞得里亞海濱的生活曾經何等甜美！
守衛科林斯城的是米諾蒂，
他手握共和國總督的權杖，
和平之神抱以憐憫的微笑，
凝視著被遺棄的希臘諸邦。
米諾蒂帶著他美麗的女兒，
在這大戰一觸即發的城市。
愛情，引發一場戰火。
炮火擊毀的城垣，
在晨曦的熹光中斑駁。
第一波激烈的殺伐之後，
戰死的將士們葬於巨大礫石下。
萬物靜默，默哀已畢。
艾爾普的營帳紮在海攤，

刀槍林立，崗哨森嚴。
巡營結束後，他發布了命令。
這是大戰前最後一個靜謐的夜晚，
明天一切都將結束。
復仇獲得滿足，愛情饋以禮物。
長期以來的努力，將得到報償。
此夜，艾爾普輾轉反側無法入眠。
他無法在帳中等待東方的太陽，
走出軍營，漫步到海灘上，
成千上萬的士兵在水邊安臥，
枕戈待旦。
艾爾普坐在海邊建築的殘存石柱底座上，
托腮思考，
他的身體向前傾，
他的頭顱低垂，
他的脈搏跳動著，他的情緒低沉，

他用手指敲擊額頭，
彷彿敲擊琴鍵，
音樂的旋律在手指間被喚醒。
他保持著沉思的姿勢，
坐在那裡。
風從石頭的罅隙裡流過，
在夜晚傳來哀怨的嘆息，
如泣如訴，如怨如慕，
他抬起頭向海面上眺望，
大海平滑如鏡，
剛才的聲音從何傳來？
葳蕤的草木未動，
凝重的軍旗也不曾飛揚，
就連西斯隆山上的樹木也沉默不語，
面頰上也不曾感受到風拂過，
這聲音意味著什麼呢？

他向右轉頭，幾乎不敢相信自己的眼睛，
一個少女坐在那裡，婉約而嫻靜。
他猛地站立起來，我的主啊，
他終於看清那婀娜的身影，
那是法蘭西絲卡，他魂牽夢縈的女子，
這是兩軍交戰之地，妳怎麼會在這裡？
（法蘭西絲卡說：）
「我放棄榮寵，尋找我的摯愛，
是希望上帝賜給他安樂、光明，賜予我快樂。
我越過城垣、哨站、遊騎，
為了尋找你我不惜冒險，繞過敵軍。
傳說獅子若遇到純貞的少女，
也會畏懼她的光彩，遠遠躲開；
上帝庇護善良的人，
逐走森林中的暴君，
他的仁慈，必定護佑我，

不使我落入圍城的異教徒軍中。
我來此，是期望你改過自新，
你放棄了你祖先的信仰，
這簡直是駭人所聞，
快丟棄纏頭的長巾，
只要你回到上帝的懷抱，我和你永不離分。
明天我們就結婚，只要你抹去靈魂的汙痕。」
（艾爾普說：）
「我們的婚床，要架在戰死者的血肉之上，
我要血洗科林斯，讓戰火燃遍它的每一個角落，
我已發誓，除妳我之外，
明天將毀滅這座城，
我將帶妳去世外桃源，
與妳攜手一生，直到死亡降臨。
但我一定橫掃科林斯，
讓他為曾經的驕傲付出代價。

我要使威尼斯人知曉，
我絕不可被侮辱，
我將用毒蛇般的鞭子回敬他們，
正因他們的卑劣和偏狹，我才成為他們的敵人。」
（法蘭西絲卡說：）
「如果因我之愛，你不能捨棄這一切，
那你可否愛天國！
快丟棄你的纏頭長巾，那是罪惡的象徵，
快發誓悔罪，向你曾傷害過的故國懺悔，
若你依舊頑固不化，則此生不能見我於人世，
更不會在天國相見。
若你答應我的請求，儘管你將負載一個沉重的命運，
但你將會得到的上帝的寬恕，
天國的門依舊為你敞開，
若繼續執迷不悟，則詛咒必定施予爾身。
你看烏雲正遮蔽月亮，

那雲氣即將流散，它無法永久遮蔽明月。
我的初衷永不改變，
若你不悔改，則現世得到懲罰，
亦將在死後承受永恆之劫。」
他仰望遮蔽明月的浮雲，
一言不發。
他望著那流雲飄散，月色如銀。
（艾爾普說：）
「無論我將迎接怎樣的命運，
我都不會做一個朝三暮四的人。
規勸的言辭已經太晚，
是威尼斯將我變成他的敵人，
蘆葦被風吹過後會豎起，
參天大樹在風暴中也會顫慄，
和我一起走吧，法蘭西絲卡。」
然而，已不見她的身影。

除了殘柱屹立，不見芳魂，
她彷彿消失在虛空中，又彷彿遁入了大地，
無影無蹤。
太陽閃爍金色的光芒，
這彷彿是黎明放飛的快樂翅膀，
清晨褪去灰色的衣裳，
顯露它偉岸闊大的模樣。
戰鼓如暴風驟雨，軍號聲高亢嘹亮，
號角聲悲哀蒼涼，
軍旗翻飛，張揚，
戰騎嘶鳴，萬眾如同虎狼。
短刀出鞘，長矛的鋒刃閃光，
鮮血在激戰中飛濺，
艾爾普的大軍突破了城牆，
殺戮，掠奪，戰火使人瘋狂。
物產被擄走，房屋燃燒熊熊大火。

刀槍撞擊聲夾雜哀鳴，
急促的腳步沾滿流血的腳印，
然而依舊有人在抵抗。
十幾個科林斯的勇士背對背靠近牆，
絕不投降，
他們與圍攻的敵人廝殺不停，
直到最後一位勇士戰亡。
有一位頭髮花白的老將軍，
他以一當十，血戰數軍猶毫無懼色，
他用手中的劍擊殺持矛的敵軍，
戰死者的屍體在腳下堆滿成環形，
仍然毫無退怯之意。
他儘管被包圍，仍舊且戰且退，
從前戰爭留下的疤痕掩蓋在胸甲下面，
他身上的每一道傷疤，
都是歷次戰爭的饋贈。

他的身軀像鋼鐵一般堅韌，他像獅子一樣勇猛，
即便是最勇猛的敵人，也無法靠近。
他橫刀持戈，
使敵軍的進攻受到遏制，
（艾爾普說：）
「米諾蒂！投降吧。為了你和你的女兒法蘭西絲卡，
放下武器，投降吧。」
（米諾蒂說：）
「你這叛徒，我絕不會投降，
哪怕你能賜我生命永恆，我也絕不會投降。」
「法蘭西絲卡——我的新娘，
你的女兒，難道你也要她為你的驕傲而綁上戰車？」
「她已十分安全，你不要妄想。」
「她在何方？」
「天堂。你那骯髒的靈魂，永遠也不會玷汙她。」
米諾蒂說完，臉上露出陰鬱的笑容，

艾爾普的身體彷彿受到猛烈的重擊，
呼喊道：
「哦，我的主啊，她在何時逝去？」
「她凋零在昨夜，我不會為她奔赴天國而流淚，
我純潔的族人無人做異教徒的奴隸。
來吧，艾爾普，拿起你的刀槍向我進攻。」
但是艾爾普沒有來得及回應，
教堂門口忽然響起槍聲，
準確的擊中了艾爾普，
他翻滾著栽入屍體堆中，一動不動。
米諾蒂的怒火傾瀉之時，
復仇之刃已完成宿命。
戰場上傳來一陣歡呼，
又傳來一陣哀鳴，
一方歡聲雷動，一方怒火沖天，
兩軍短兵相接，白刃濺血，

刀光劍影，槍矛索命，
無數英勇的戰士倒在塵埃中，
一波又一波進攻被打退，
米諾蒂絕不肯後退一步，
哪怕敵人十倍於己。
他的屬下皆為百戰死士，
士氣正旺，完全無視大敵。
教堂仍舊控制在他的手中——
正是這裡射出復仇的子彈，
幾乎為全城的人們報仇，
擊殺了艾爾普，那敵軍中最勇悍之士。
米諾蒂步步為營，且戰且退，
殺出了一條血路，
敵人每前進一步，都要付出巨大代價。
最後，米諾蒂和他的將士們終於在教堂會合，
那有堅固的防禦工事，

使他們得到暫時的喘息。
面色嚴峻的米諾蒂，
獨對祭壇，
凝視著聖母閃爍光暈的容顏，
彷彿來自天國的光輝，
他的眼中充滿希望和光明。
這畫像懸於祭壇，
是因為可以凝聚我們的思想，
當凡人跪下，
看見她與聖子。
她對每一個虔誠祈禱的人微笑，
彷彿我們的願望已經上達天國。
她面帶微笑，始終如此，
儘管屠殺者已經跨入她的殿堂。
米諾蒂抬起蒼老的眼睛，
祈禱著，輕聲嘆息，

他手持一燃燒的火把，
望著破門而入的異教徒。
石頭的紋理閃爍光彩，
浮雕雖曾遭到汙染，塗畫，毀壞，
遭遇刀劍和盔甲的撞擊，
但是光輝依舊。
石板之下，
是逝去者的墓穴，
上面鐫刻著他們的姓名，
如今沾染了血汙，已經模糊不清。
地面上俱是屍體，
微光裡略能看見他們的面容。
巨大的地穴裡陳列著石棺，
幽暗，潮溼，光線灰暗，
寒冷的空氣裹著鏽蝕的鐵欄。
當戰神進入地穴，

在這裡儲藏大量火藥，
並連接導火線，
這是米諾蒂對敵的最後一招。
敵人衝了進來，前鋒的敵人搶奪著，
教堂裡的寶物，他們以為這是戰利品，
米諾蒂微笑著，點燃了導火線。
一聲巨響，高塔，祭壇，石棺，屍體，
纏著頭巾的異教徒，守衛教堂的基督徒，
都被拋上了九霄雲外，灰飛煙滅。
在巨大的轟鳴聲中，
城垣崩塌，城市傾頹，
就連大海的浪濤也在那一刻倒捲；
山峰為之顫抖，大地為之震顫，
所有的東西都被掀上了天空，
火焰般的雲翻騰，一場惡戰就此畫上句號。
大海悲痛已久，飛鷹也離開岩縫裡的巢穴，

朝著太陽的方向飛翔，
兩翼下的烏雲太過恐怖；
戰塵侵襲牠的喙，
牠飛得更高，鳴叫得更加嘹亮，
科林斯在最後一刻戰勝了敵人。

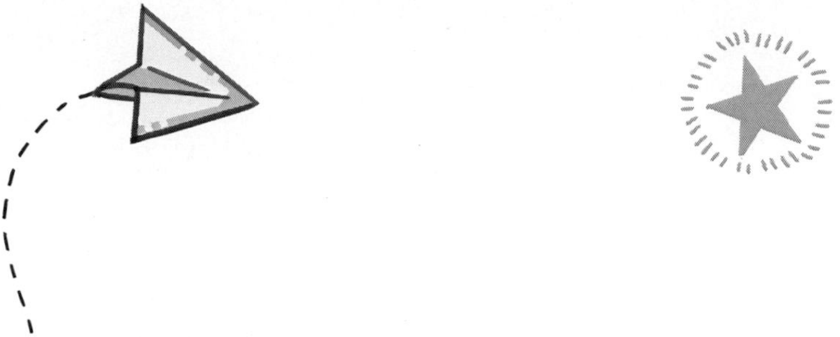

歸來的異鄉人

我們亦應知道，
天主教國家的懺悔日，
在此日來臨之前，
信徒們都尋歡作樂，爾後齋戒，
以便懺悔時有事可以懺悔；
無論貴族還是平民，
他們都豪飲狂歌，大肆玩樂，
只要能達縱情享樂的極限，他們無不樂意仿效。
遮蔽天空的夜幕越幽深越妙，
這個時辰丈夫們不受歡迎，
卻為情人所渴望。
偽君子脫下面紗，
狂浪的挑逗著異性，
歌聲的旋律火熱，吉他的曲調顫抖，
到處是打情罵俏的聲音，
放蕩的標誌貼在人們的臉上。

男女們穿著奇裝異服，戴著曠古絕今的面具，
有些面具彷彿來自希臘、羅馬，有些則來自東方的印度，還有的像美國的風尚。
小丑施展渾身解數，扮花臉的極盡所能。
土耳其的奢靡服裝登場，猶太人的衣裝燦爛輝煌，
自由的思想家們，請你們記住，
你所能想到的服飾，都可在這裡做戲，
但只有一件：教士的袍服，
在這個國家：不容褻瀆。
此日為狂歡節，
書面原意為：與肉食告別。
節日的名字也算名實相符
因為四旬節即刻吃魚齋戒。
然而為何狂歡？
如此迎接四旬節，使人不能理解。
也許就像為友人餞行，
痛飲一杯酒，而後縱馬離別。

亙古以來，狂歡節最盛大，
無論是歌聲、舞蹈、戲劇，或者唱給情人的小夜曲，
和各種雜耍劇目，都以威尼斯冠絕一時，
沒有任何城市可以企及，
就在我寫這篇作品的時候，
這座海上的城市依舊奢靡絕倫。
威尼斯的女人，美豔不可方物。
彎彎的眉，含情的眸，嫵媚令人沉迷。
這是古希臘女神雕像臉龐（再現）啊。
現代人無可模仿，
她們宛若畫家提筆下的維納斯，
那作品至今猶在佛羅倫斯，你可以與之對照，
她們的姿態與動作，
像畫家喬久內（Giorgione）作品中的人物，倚著陽臺向外張望。
好吧，讓我來講這個故事，
也許是三十年前，或者四十年前；

狂歡節進行到高潮，
有一位婦人在看節目，
（她的名字人們早已忘卻，我們姑且叫她勞拉。）
她的丈夫常年航行於海上，
有時到達亞得里亞海，有時到更遠的大洋上，
他回家的時候，正好檢疫隔離，
被關在港口的船上四十天，
他的愛妻正好登上城裡的高樓，
從樓頂向遠方眺望。
（她丈夫是在城裡經營生意的商人，名叫丘塞普，簡稱貝博。）
他是個結實而爽快的傢伙，
常年的風吹日晒，皮膚變成了棕色，
像在制皮革的工廠裡上了色，
他通曉事理，為人平和，
在航海者中幾乎無法找到如此良人。
而他的妻子，雖然舉止不像大家閨秀，

但是德行獲得大家認可，
如果有人想引誘，也只會自討沒趣。
勞拉與貝博多年未見，
傳說貝博已沉船喪生，
或者虧本有家難回，
甚至有人下了賭注，
一方說他能回來，另一方說他永無歸來之日，
似乎只有輸贏才能證明一切。
勞拉期待已久，也曾整日哭泣，
她晝夜難寢，也曾對月垂淚，
每次聽到風吹百葉窗，
她都以為是盜賊或者精靈的闖入；
她渴望男子豐美的身體，
她需要安慰，
她需要安全感，
對女人來說這也合乎情理。

女人看男人的眼光，從來毫無道理，
她們喜歡壞男人，也被壞男人所寵愛。
勞拉不知貝博的生死，但是她需要愛情。
這時候一位風流伯爵闖入了她的世界，
他是公認的多情種，富裕而且出手豪闊，
跳舞，鬥雞，賽馬，種種玩樂他無一不精，
女人們恨他，卻又喜歡他。
伯爵玉樹臨風，無限鍾情於女人。
女子們為他的笑容心碎，卻又對他毫無怨恨。
他柔情款款，使情人們為他甘心付出一切。
他的心堅若磐石，但在情人面前卻柔若蜜糖。
他像情聖卡薩諾瓦一樣，
對方雖是花心，他卻付出忠貞。
勞拉與伯爵訂下風流之盟，
六年光陰裡他們琴瑟和鳴，
偶爾有小鬥嘴，也像是美好樂章裡的小插曲，

嫉妒，賭氣，那也無妨，
無論是王侯將相，還是攤車小販，
都不能避免愛情裡的爭風吃醋。
音樂——響起，
晚妝映照著明雪般的肌膚，
歌舞交替，勞拉也在其中，
這是博伊姆貴婦人的化妝舞會，
衣香鬢影，春殿上花團錦簇，
為了準備這盛會，她們花了六個星期。
笙簫齊吹，勞拉舞動霓裳，
像從天空降臨的天使，
燭花跳盪，脂粉撲鼻
她是瑞多特——這舞會上的真正美人。
她們餐後舞蹈，歡樂不停。
她飄蕩在雲集的淑女中，
笑意彎了嘴角，快樂在眉梢充盈。

她與一位貴婦低語，又與一位女爵大笑，
有時顧盼神飛，有時微微頷首；
她嘆氣說天氣太熱，
他的情人就奉上檸檬水——
她只是抿溼了嘴巴，就又穿梭在人群中，
先是高談闊論，之後又冷眼環顧，
甚至蔑視朋友的俗氣。
勞拉在廊簷下看人，
人們也看著她，
她裝腔作勢，備受女友的嫉妒，
衣裝高雅的男士們向她獻媚，頻頻致禮，
有一個人目不轉睛地盯著她，
兩眼彷彿釘子一般，那是一個土耳其人，
他尊容不恭，令勞拉十分惱怒，
她聽說土耳其人奉行多妻制，
妻子的地位很低，在家裡還不如一條狗。

他們會娶四個妻子，但往往妻妾成群。
土耳其人凝視著勞拉，
這目光不像一個外鄉人，倒像本地人，
他好像說，我愛妳。
假如凝視能夠贏得芳心，那麼他一定會成功。
勞拉久經情場，卻不會輕易上鉤，
她聽慣了男士們的恭維，
外鄉人的眼神無法將她打動。
勞拉在舞會上尋歡作樂，長達七個鐘頭，
如果到天明，倦意一定叢生，
她行過貴婦的禮節，向女伴們告別。
他的情人拿著帽子和披肩，
像騎士一樣服侍她，
牽著她離開舞廳，扶她走下臺階，
可是他們的船卻不見了，
那華麗的小艇竟不在長停的位置。

侍從幫伯爵和勞拉找到了小艇，
勞拉坐在情人的身旁，
夜晚的水面如此恬靜，
他們笑談舞會上的趣聞、
衣裝和人們的舞姿，
以及道德敗壞的傳聞。
正當他們走近家門，
他們驚異地看到了那位土耳其人。
先生，你沒有預約就駕臨我的大門，
這好像不合禮節。伯爵嚴肅地說。
如果你不盡快離開，你會知道這件事的嚴重性。
不，先生，我只是跟著我的妻子。
你身邊的這位女士，正是我的愛人。土耳其人說。
勞拉頓時變了臉色，驚愕，憤怒……
伯爵壓住憤怒，低聲道，
我想知道詳情，請進吧。

我們不必為此事爭吵，也不要高聲喧鬧。
伯爵和勞拉，以及土耳其人進了大廳，
僕人奉上了咖啡，穩定了大家的心神，
勞拉終於開口，貝博……
你的鬍鬚長了，你還纏了頭巾，
你在外遊蕩不歸，此時忽然出現，
難道不覺得有失體面？
貝博回答道：
我曾遇難在海上漂流，與狂風搏鬥，
我曾在特洛伊古城的廢墟上為奴，
每天除了麵包，還有皮鞭。
我也曾被海盜裹挾而去，成了他們的夥伴，
在海上劫掠，成為灰色的富翁。
他擁有很多財富，開始思念家鄉，
他迫切，熱忱，期望回到妻子身旁。
他不願做一個孤獨的海盜，他不願意天涯流落。

他僱用了西班牙的船，開往科孚島，
他腰纏萬貫，卻在船上裝載菸草，
登上甲板的時候，他不知道自己隨時殞命，
天知道這一切是多麼凶險，
每日在大風催逼的海浪中沉浮，
除了合恩角航行的三天風平浪靜。
停靠科孚島後，他更換了貨物，
和身上的跳蚤一起——
鑽進了另一艘船的艙底，
他打扮成一個貨真價實的土耳其商人，
販運種種奇珍，
把腦袋掛在褲腰上的生活，並未使他——
忘掉自己的家，
他的偽裝十分成功的混過了海關，
就這樣重歸威尼斯，
他想重新擁有從前的一切，

信仰、聲譽、房產和心愛的妻子。
他脫下土耳其人的裝扮，
借穿了伯爵的衣裝，
他與妻子一起回家，並且重新接受洗禮。
當然，他免不了要捐給教堂一些錢，
他與朋友們久別重逢，
更加密切，因為他豪富而闊綽，
他的傳奇經歷成為宴席的笑料，
但我認為那都是向壁虛構。
年輕的時候不論怎樣受苦，
年老的時候終究獲得了財富，
富裕和傳奇似乎補償了他，
然而妻子有時候也不免令他憤怒，
因為她偶爾還與伯爵交接，
我的故事本該完結，可是這枝筆總是留戀，
未能戛然而止。

唐璜

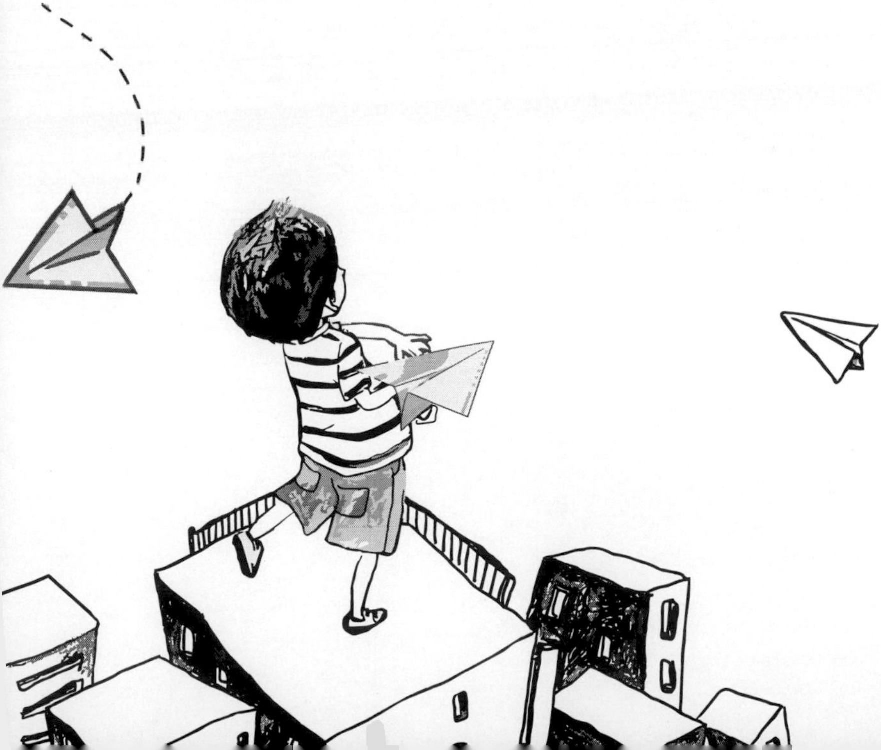

一　身世

滄海橫流，英雄方出。
人們需要英雄，
所以報刊也累牘連篇，
試圖透過輿論製造英雄。
然而經過時間的沉澱，
這些所謂的人物，都不算真正的英雄。
真正的英雄在傳說裡，
在舞臺上的劇目中。
我的主角——
他的經歷傳奇而輝煌，
他年輕風流，心懷真誠，是真正的英雄。
他就是唐璜（Don Juan）。
唐璜生在塞維利亞城，
一座不大但著名的城，
這座美麗的城建在瓜達幾維河岸。

以甜美的橘子和嫵媚的女人著稱。
唐璜的父親名叫唐．何塞（Don Jose），
他是真正的西班牙貴族，
血統高貴，富有教養，而且資產雄厚。
他英勇果敢，沒有任何一位騎士能與之媲美。
唐璜的母親名叫唐納．伊內茲（Donna Inez）。
她讀書廣博，學問出眾；
精通多個基督教國家的語言，
有著堪與學問相匹配的美德，受到神的庇蔭。

二　戀愛

歲月如梭，唐璜已十六歲了。
他面貌英俊，閃爍著調皮的模樣，
他身材修長，而且健壯。
他早熟，活潑，大膽地和女孩們交往。
唐璜母親的女友茱莉亞（Donna Julia），美豔動人，

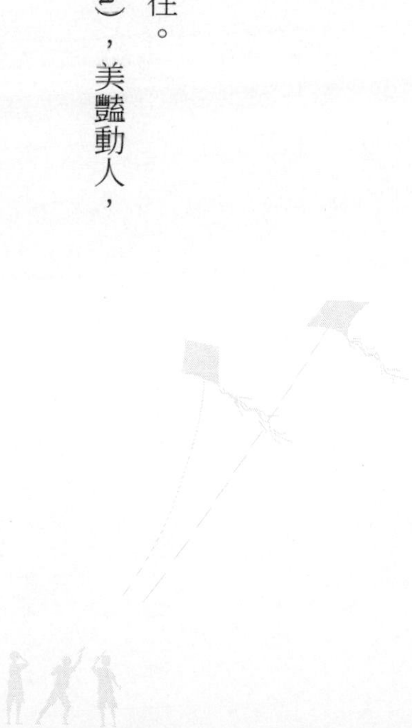

最喜歡與唐璜這青年嬉戲玩耍，
她的丈夫是騎士——唐．阿方索（Don Alfonso），
這個男人既不討人喜歡，也不令人厭煩。
阿方索夫婦和大多數夫妻一樣，
互相遷就，包容，守持彼此的弱點。
他看似平和、大度——
但是內心卻藏著深深的嫉妒。
茱莉亞豐腴的神態，吸引著這青年，
她二十三歲，他十六歲。
他們如此天真無邪，如此真誠無礙，
以致於人們對他們的往來不覺得奇怪。
熱烈的太陽照耀城市，
讓人的血液熾熱，讓人的目光多情，
青年男女親吻彼此的手，或者碰碰對方的唇，
行為若止於此，則合於禮悅於情。
人們一旦越過雷池，墜入愛河，

則從此為情所苦。
春天在五月下旬褪色，
夏天敞開熱烈的胸懷。
母兔歡悅地奔跑，鳥兒盡情鳴叫。
這是一個危險的季節，
太陽也成為戀愛的同謀，
那一天是：六月六日。
暮色四合，濃蔭如蓋。
茱莉亞款款步入涼亭，
她的眼顧盼神飛，她的唇閃爍光華。
宛若天國中的仙女。
唐璜也來了，他們緊挨著坐在一起
如果此時閉上眼睛，也許是明智的，
然而，這毫無可能。
愛情開始的時候總是謹慎，後來卻燃成烈火。
茱莉亞的鬈髮一束束散開，

像五月的丁香，
唐璜撫摸著她的頭髮，
如同拂過花瓣，香氣四溢。
茱莉亞想拒絕，卻又忍不住接受。
她的內心做著強烈的搏鬥。
然而，愛情的酒太過濃烈，
他們的手最終纏繞在一起。
溫柔的手並無凶險，
然而愛情結的果，也許致命。
如果人們能夠未卜先知，
也許會拒絕這愛情。
唐璜用他年輕的嘴唇親吻她，
愉悅而充滿羞怯。
茱莉亞的臉上飛起了緋紅的雲，
想躲開但又不捨。
狂喜的淚水從唐璜的眼裡湧出，

哦！墜入愛河的孩子，
誰能陷入情網同時又保持清醒？
茱莉亞懷著理智想拒絕，但最終還是接受。

三　風波

光陰荏苒，轉眼間又是幾個月。
十一月的子夜，唐璜和茱莉亞祕密地幽會。
他們彼此擁吻，又一起進入夢鄉。
忽然，把風的僕人瘋狂地敲門。
茱莉亞從美夢中驚醒，
聽到僕人大聲說：「夫人啊，先生回來了。
身後跟著很多人，他們已登上樓梯，
妳可要照料好那位年輕的先生。
跳窗逃跑，也許是個不錯的建議，
畢竟妳的窗不是太高。」
唐·阿方索帶著一大群人，

僕人，以及朋友，
他們闖進了茱莉亞的臥室，
僕人打著火把，其他人手持武器。
他身為貴族，居然持械闖進妻子的房間，
這不是騎士應有的風度，
也許，他懷疑著什麼。
可是，他究竟懷疑什麼？
茱莉亞憤怒了，她說道：「阿方索，你瘋了嗎？
為何在深更半夜侮辱我。
你是懷疑我的忠貞嗎？你要搜查嗎？
那你快快動手吧。」
阿方索命令僕人去檢查被子，
又叫一個朋友打開窗戶查驗，
還叫僕人檢查地板上的蹤跡，試圖找到疑點，
然而什麼線索也沒有，彷彿一個笑話。
茱莉亞見阿方索沒有得逞，更加憤怒。

她高聲說：「阿方索，你為何要侮辱我？
你踐踏了我的尊嚴，
如果西班牙還有律法，我便不該受這樣的虐待，
難道你是吃安東尼婭（Antonia）的醋嗎？
的確，她睡在我的身邊，
但她是我的侍女。
我們清白無辜，無須隱瞞。
現在，請你們離開，至少離開我的臥室。
讓我和侍女都穿上衣服，以便接待你的朋友。」
茱莉亞面色蒼白，眼中含淚，
像是受了莫大的委屈。
她的黑色長髮宛若海藻，
遮掩不住光滑白皙的雙肩。
她俯身在枕頭上哭泣，
凝脂般美白的雙肩顯露無遺。
她小巧的嘴巴微微張著，

心跳得像要碎裂一般。
阿方索沒有找到證據，
尷尬且沉默。
茱莉亞向他抗議，
他只能發出無力的辯解。
他的行為喪失了貴族的風度，
儘管他有充足的理由。
阿方索向眾人做出解釋，
然而卻沒有一個字請求茱莉亞的原諒。
他的話冗長而華麗，如同致辭。
最後，阿方索終於請求妻子寬恕，
因著自己的莽撞和無知，
致使妻子在眾人面前被羞辱。
茱莉亞起先態度堅決，
後來口吻有所鬆動。
接著提出一大堆條件，

作為失禮丈夫對自己的補償。
面對這一切無理取鬧和苛責的要求，
阿方索一一予以答應。
消除了丈夫的疑慮，同時又免於麻煩，
這讓茱莉亞十分得意，就像伊甸園裡無憂無慮的亞當。
然而，幸運很快消失。
一隻鞋差點絆倒阿方索，
這不是他妻子織錦的繡鞋，
而是一隻男人的鞋。
唐璜暴露了行蹤，阿方索怒火中燒。
茱莉亞跑進密室，
將鑰匙塞給這個年輕人，
讓他從花園逃走。
阿方索從劍鞘中拔出利劍，
追上去對著逃跑的背影劈砍。
一大群人在後面奔跑，

腳步聲雜沓不堪。
唐璜衝出了房間，
逃到了黑暗的花園。
手持長劍的阿方索將他攔住，
他要與情敵決一死戰。
無奈之下，唐璜擊飛了他的劍，
出拳將他打倒在地。
然後拔腿逃走，
卻被阿方索拉住衣衫。
他猛擊阿方索的臉，
頓時鮮血從鼻腔噴濺，
兩人纏鬥在一起，
你一腳我一拳。
最後，唐璜身上唯一的衣服也撕落在地，
他像約瑟一樣丟棄衣服裸奔而逃，
在街上張皇失措，

消失在幽暗的夜色中。
火光亮起，僕人們打著火把趕來，
眼前的一幕令他們極為吃驚，
茱莉亞昏倒在地，
衣裙散亂；
侍女安東尼婭瞠目結舌，呆在一邊。
阿方索滿身血跡，靠在牆上喘氣。
地上扔著撕碎的帷幔、衣物，
還有打碎的花瓶和被蹂躪的花朵。
唐璜是怎樣回家的呢？
是夜晚做了遮蔽他裸體的衣服嗎？
我們姑且不談。
第二天，這樁風流豔事立刻登上了報紙的頭條。
從街頭到街尾，每一個人都在談論。
阿方索向法庭申訴，請求離婚。
茱莉亞則終日以淚洗面，

不知是對自己的莽撞悔恨，還是祈求原諒。
蜚短流長對唐璜十分不利，為了改變現狀，
他的母親向聖母瑪利亞許願，
要她保佑唐璜無恙，
同時聽從長輩的建議，將唐璜從加德斯送出港。
暫且逃亡，等風頭過去，
流言散盡之日，正是海潮平靜之時，
那時回鄉，也還是綠衣少年。

四　海難

揮手訣別，舷已離岸。
奔赴怒海，是未知的航行。
海風吹拂著帆，
鷗鳥悲傷地呼喚。
唐璜獨立船首。
浪濤狂暴地擊打船舷，

這是他第一次離開西班牙，
或許也是最後一次。
跟隨唐璜出海的總共有四人，
一個是他敬愛的導師比迪里羅（Pedrillo），
另外三個是貼身僕人，他們雖然愚痴，
但會把這位少爺照顧得十分妥貼。
比迪里羅精通多國語言，
曾教會唐璜對世界的認識。
但是此刻，他卻被疾病所折磨。
儘管他躺在吊床上，但在海浪的顛簸下，頭疼依然劇烈。
海水狂湧著，從舷窗灌了進來，
比迪里羅受了驚嚇，臉色蒼白，渾身發顫。
晚上的海風更加暴虐，撕扯著船帆，
將船推上波谷浪尖。
海浪猛擊船首，船板裂開，
導致鉚釘墜落，桅杆折斷，

水手們四散奔走，試圖做好掌控，
卻發現船舵早已無影無蹤。
船艙裡湧進的水深達四尺，
抽水機絲毫不管用，
海面上的浪濤像一座座小山，猙獰恐怖，
風把水灌進船艙，讓這艘船完全失控。
水手們請求唐璜拿出酒來，
大家在酣醉裡一同死亡，
唐璜怒斥他們，指揮大家各司其職，
保障大船不要沉沒。
然而，船首已經沒入海水，
乘客和水手們哭喊嘶叫，
即便是最有修養的貴族，
也顧不得體面和尊容。
有人在祈禱，請求上帝的拯救；
有人在觀望，尋找逃生的機會；

有人整理衣帽和領結，彷彿從容迎接盛會；
有人捶胸頓足，張皇失措。
有人扯斷了頭髮，咬牙切齒；
有人指天問日，賭咒發誓。
有人放救生艇下水，
希冀「方舟」成為最後的依靠。
救生艇是否會被怒濤掀翻，葬身大海？
唐璜和僕人們找不到像樣的船隻，
只能指望放下水的長艇活命，
他們在即將沉沒的船上搜尋任何必需品，放入長艇。
然而食品早已被海水浸壞，
只有兩小桶餅乾和一小桶奶油還算完整。
此外，還有二十加侖淡水，六瓶從艙底搜上來的紅酒，
小塊的豬肉，牛肉和被海水打溼的麵包，
但是量都少得可憐，不夠大家飽餐一頓。
海面上漂浮著求生的人們，

幸運者爬上救生艇，不走運者葬身浪濤。
然而厄運很快降臨，一艘救生艇翻覆，
所有人瞬間無影無蹤。
唐璜乘坐的長艇也堪憂，
擠上去的人太多，食物絲毫不夠。
破被單拼合成船帆，
一個孩子將一隻槳從大船上扔下來，被充作桅杆。
大船甲板上還有很多人，但是救生艇有限，
造一隻木筏已經來不及，
要活下去，只能靠奇蹟。
人們紛紛將船上的東西扔進海裡，雞籠，橡膠，以及各種雜物，
希望落水者藉這些漂浮物求生。
忽然，大船猛烈地傾斜，
來不及逃生的乘客和船員紛紛落水，
有人尖叫，有人跳海，
一聲巨響之後，大船一頭沉進大海。

沉船在海面上掀起巨大的漩渦，
好像地獄張大了嘴，
撕裂開一個暗無天日的巢穴，
落水者好像被一隻巨手抓住，拖進無邊的黑暗。
長艇躲過了沉船的吸力，在波濤裡浮沉，
擠在一起的人們哆哆嗦嗦，
面對詭異的海面無比絕望。
夜色昏沉，海面上一片幽深，彷彿無數驅馳的野獸。
船像脫韁的烈馬，令人無從著手。
海水一次次湧進艙裡，
人們絲毫不敢馬虎，拚命向外戽水。
他們又看見一艘求生的小舢舨，上面的九個人蓬頭垢面。
但很快被巨浪打翻，吞噬，
上面的人恐無一生還。

五 食人

長艇在海上漂了一天又一天，
槳做桅杆，被單為帆，
海浪一波又一波，
惡劣的境況絲毫沒有消減。
食物雖然有限，
但還有牛奶和餅乾。
海水把船艙灌滿，
但悲傷勝過危險。
三十餘人擠在逼仄的艙裡，
無法避免海水浸泡，
半數人已經麻木，
有的顫抖著好像瘧疾發作。
夜晚來臨，大海歸於平靜。
氣溫上升，溫暖的太陽照拂倖存著的心。
他們的胃開始甦醒，狼吞虎嚥地將食物吃盡。

第七天的時候，他們忽然發現食物一點都不剩。
人們躺在艙底如乾癟的袋子，彷彿抽走了靈魂。
海上沒有一絲風，也看不到陸地。
酒食已盡，胃袋空空。
人閃爍著狼一般的目光，發出狼一般的聲音。
飢餓攫取了人的靈魂，他們準備——食人。
恐怖在恐怖中進行，無人能夠慶幸。
他們採用抽籤的方式，決定誰的血肉之軀可以果腹。
大家把名字寫在籤上，搖籤後進行抽取。
結果，唐璜的導師——
比迪里羅中籤，他要求醫師抽取自己的血液，
以這種方式赴死，
因為這不會那麼痛苦。
醫師和唐璜一樣，都是虔誠的天主教徒，
他親吻了小小的銀色十字架，然後切斷了比迪里羅的血管，
當比迪里羅的血流盡，呼出最後一口氣，

醫師開始肢解他，隨後眾人瓜分。
鮮紅的血液，作為報酬，贈給醫師為食物。
除了唐璜，他絕不會吃老師的肉，
另外三、四個人，忌諱葷腥，
其他的人都分食了人肉。
也許是褻瀆了神，
分食人肉者開始痙攣，口吐白沫，倒地打滾，
他們呼喊，哭泣，哀鳴，像鬣狗一樣發出號叫。
躺在艙底的人不停地哭嚎，大部分人在絕望中死去。
大雨在夜晚來臨，彷彿拯救最後的倖存者。
飽受乾渴折磨的人張大了嘴，
像夏天龜裂的土地。
他們拚命吮吸著從天而降的甘霖，卻並未意識到淡水的可貴。
假如你曾躺在一群渴透了的水手中，
或者，像沙漠旅客聽到駝鈴，
那麼，一口清水波動的井，

就是世間唯一的真諦，是神諭。

六　兩位父親

船上有兩位父親，各自和兒子待在一起。
一位父親的兒子很強壯，但眼睛已失去神采，
當他意識到兒子已離開這個世界，
沒有流淚，也沒有發出一聲哀鳴，而是縱身跳入了大海。
另一位父親的兒子很柔弱，他有著纖細的身材和柔和的臉龐，
他以極大的耐力與死神相抗衡，
他很少言語，但卻經常面露微笑，
彷彿是要給他的父親安慰與力量。
他似乎知道——
父子之緣雖深，終將會結束，
父親的目光從未離開他的臉，
他一再擦去兒子嘴角的口涎。
他一刻不停地凝望著兒子陰翳的眼睛，

然而這孩子還是一點一點熄滅了眼中的火，
黯淡下去。
父親竭力從一塊破布裡擠出清水，滴在兒子的唇間。
然而，一切都已是徒勞，
他的愛子在破曉時分逝去，
微笑掛在嘴角。

七　劫後餘生

陽光掠過海水，遠處閃爍微茫的大地。
不知是誰第一個大喊，看呀，海灣。
海灣。海灣。海灣。
所有人都翹首以盼，他們真的看到了海岸。
有人熱淚盈眶，有人目光黯淡。
是慶幸劫後餘生，還是已臣服於苦難？
有人在呼喊中甦醒，有人再已無法睜開眼睛，
有些人，永遠也無法踏上他渴盼的土地。

風改變了方向，長艇無法靠岸，
只是順流沿陸地航行，
一座座山影遮擋了陽光，
船在峭立的懸崖下漂過。
岩石堅硬的稜角在清澈的海水裡看得清清楚楚。
激流將他們帶走，
他們無比惶恐，猜測著這片陸地是何方，
是埃特納山，加拿大，或者塞普勒斯……
一陣疾風使他們掙脫激流，將船朝岸邊送去，
船上只剩下四個活著的人，還有三具屍體。
他們已精疲力竭，無法將屍體拋入大海，
然而鯊魚卻嗅到了船上的腥味，悄悄尾隨在後。
船一點一點朝陸地靠近，
濃密的樹影撞入了人的眼簾，
飄浮著香甜的，平靜踏實的空氣。
浪花翻捲著可愛的白沫，天空碧藍澄澈。

如果沒有慘痛的海上經歷，
沒有飢餓、乾渴、疾病、虐殺、死亡，
沒有恐怖的海浪，無常的風暴，和浩渺苦澀的航程，
這一切看起來是多麼美好。
然而，苦難並未結束。
海岸上一片荒涼，不見人影。
詭異的浪濤怒吼，
飛濺起的浪花擊打人的臉。
一座座暗礁隱藏在水下，隨時會擱淺。
他們睜大恐懼的眼睛，找不到一處安全的登陸點。
他們用槳划開海水，企圖強行靠岸，
結果卻翻了船。
兩名同伴溺斃於海底，兩名同伴為鯊魚所啖，
唐璜拖著精疲力竭的身體，擊打著冰冷的波瀾，
他只有一個信念——游向岸邊。
他費盡了最後一絲力量，爬上了柔軟的沙灘。

八　岩穴奇情

峭壁下有一孔開闊的石穴，
石穴內跳盪著溫暖的火苗。
此刻，唐璜就躺在這裡，
他在昏迷中醒來，然而又陷入昏迷。
是世界消失了嗎？還是他已為死神所攫取。
他於絕望中伸出一隻手，卻什麼也未觸到。
恍惚中，他看到一個少女的影子。
她有一張溫潤，小巧的嘴巴。
正是她把他的靈魂從死神手中喚回；
她有一雙溫柔，潔白，靈巧的小手，
正按摩他的肢體，使血液流暢，使身體恢復活力；
她用清水洗他的頭部，使他清醒。
她用斗篷蓋好他裸露的身體，還給他喝了一杯甜甜的酒。
唐璜蒼白的臉逐漸恢復了血色，
少女低低地望著他廣闊的額頭，發出一聲讚嘆。

她的臉頰明淨得像冰玉，手臂細膩而溫存。
她抱起他無力的頭，撫弄著他的鬈髮，胸部緊張地起伏著。
她聽到他在夢裡發出一聲痛苦的低吟，不由得一陣緊張。
他在火影裡看清了這少女的輪廓，一張精緻的臉和頎長秀美的身段。
她的名字叫海黛（Haidee），是她和侍女救了唐璜。
這是基克拉澤斯的一座小島，
希臘人曾占據它。
這座島方圓不足百里，十分荒僻。
海黛的父親蘭布洛（Lambro）——是這座島的主人。
蘭布洛是海盜的首領，
搶劫過往商船，擄掠船員販賣為奴，
依靠不義之財，
在島上建立了奢華的宮殿。
海盜的宮殿內放滿金銀財寶，充斥著粗鄙的雕刻，
以及極盡奢華的金飾與彩繪。
他是一個殺人如麻的大盜，然而對海黛來說，

他卻是一位好父親。
他照顧海黛無微不至，無求亦有應。
海黛正逢二八年華，
像一棵綠樹般挺拔，像一枝芬芳的鮮花。
她容貌傾城，求婚者絡繹不斷，但都遭到拒絕。
那天夕陽熔金，映照著絳紅的峭壁。
海水透明，彷彿女神浴後。
海黛與侍女一起在海灘上散步，發現了昏倒在峭壁下的少年
——唐璜。

他衣衫破碎，形容枯槁，
一頭秀美的鬈髮也像枯草。
海黛動了惻隱之心，然而不能將他帶回家中。
因為被父親知道，無異於羊入虎口。
她和侍女一起將唐璜抬進峭壁下的岩洞，
用廢棄的船舨和折斷的槳生火，
她們還脫下皮裘，鋪在石洞裡為床，

還用大衣為被，蓋在昏厥的唐璜身上。
唐璜終於醒來，警覺地望著海黛，
但海黛的善良使他卸下了內心全部的武裝。
海黛每日祕密地帶來咖啡、麵包、蛋，
還有新鮮的魚，給唐璜做早餐。
每天清晨，她都來看他，
就像照料鳥巢中的雛鳥。
她撫摸他的髮絲、嘴唇和俊逸容顏，
吐氣如蘭，像南風吹過玫瑰園。
光陰似箭，唐璜的身體恢復如前。
生命激盪著青春的希望，
愛意伴隨激情的火焰，
美食、酒神，都是愛情的風帆。

九　海誓山盟

光陰催人，過去了一天又一天。

風雨替花愁，海浪捲旗幡。
海黛經常來看她深愛的少年，
早晨，或者夜晚。
蘭布洛又率領群盜去海上劫掠，
這樣海黛更加自由自在。
她與他在海灘上散步，
頭頂著夜晚的星光，腳踩著灘頭的沙粒，
鵝卵石和貝殼閃爍著光彩。
藤蔓從峭壁上垂下，掩蔽著幽深的岩穴，
火焰跳動，溫暖著久經剝蝕的洞府，
彷彿大自然的巧奪天工，
為他們營造了這愛情的場所。
他們出入都挽著彼此的手臂，
坐臥都靠著彼此的肩膀。
晨風中的依偎，暝色中的撩人誘惑，
誰能拒絕愛情。

仰望蒼穹，星河暝暝。
流溢的彩霞，宛若玫瑰色水晶，
浩瀚無垠，引人思慮無窮。
俯瞰大海，波光粼粼。
上升的皓月，彷佛給海面鍍上水銀。
他與她，四目相對，
輕輕地接觸對方顫抖的，柔軟的唇，
合成一個深深的吻。
彷佛千年之盟，
碧樹連理生千載，白頭離亂不曾聞。
此心與君同，此心與卿同，
此心永恆。
億兆星辰，是婚禮的燭火；
萬頃波濤，是婚禮的證人。
千年的石洞，是他們的婚房，
這岩穴啊，幽靜慈悲宛若神父，

為他們締造了姻緣。
真實的兩顆心，造就良人，
良人的愛情，是神聖且合法的。
他們是造物的寵兒，是神之子，
這一刻，天堂在這裡降臨。

十 海梟歸來

沉浸在幸福中的兩個人，
那麼快樂。
彷佛在愉悅的河流中——
不曾錯過每一縷水波的衝擊。
彷佛世界為他們兩個人而存在，
海黛居然忘記了父親，一個海盜首領的存在，
此刻，他正率領群盜，在狂風中伺機出動，
劫掠商船，並給乘客和船員戴上鎖鏈，將他們販賣為奴。
他在公海上不斷出擊，好像合法的官員，

他或許可以做首相，只需要換個頭銜。
人間的官員何嘗不是如此，只是戴著冠冕的盜匪。
蘭布洛擄掠的人太多，以至於耽誤了回島的時間。
往日的港口水太淺，無法靠岸，
他把船停靠在島嶼的另一端，
他登上小山，
凝視著自己的王國，樹蔭裡隱藏著房屋百餘間。
他是一個海盜，然而也有自己的心靈港灣，
他會思念女兒，感嘆似水流年，
園子裡花木扶疏，
小溪中流水潺潺。
陽光閃爍在潔白的牆壁上，
狗兒的叫聲或近或遠，
微風吹來一陣香氣，
屋宇間舞動著人們的衣衫。
遠處好像舉行著一個舞會一般，

人們的妝容或濃或淡，
快樂的人們姿態蹁躚，
這令他感到驚異，又準備悄悄看個究竟。
他快步走近人群，彷彿聽到天堂的音樂，
他真懷疑這是錯覺，
悠悠的笛聲，歡快的鼓聲，
還有一陣沒有拘束的大笑聲。
這完全不是他熟悉的琴聲，
他內心感到一陣不安，加快了步伐，
穿過園中的花木，
從晃動的樹枝底下彎腰鑽過。
他看見了草地上跳舞的僕人，
那經常挨鞭子的傢伙此時無比歡悅，
快速地旋轉著，
舞動得像一個被風吹動的陀螺。
哦，這是充滿戰鬥意志的皮瑞士舞蹈，

是黎凡特人的嗜好，
再往前則是希臘少女之舞，
她們排列整齊，宛若珍珠成串。
少女們手挽著手起舞，彷彿水波層層前進，
凝脂般的肌膚勝雪，褐色的秀髮飛揚——
瑩潤的嘴唇閃爍著光，
纖細的腰肢扭動。
渾圓修長的腿充滿了彈性，
這樣的場景，
足以讓十個詩人為之發瘋。
領隊的女郎唱起歌，伴舞的姑娘們一起蹦跳。

十一　佳人婚宴

水晶盤裡盛著各色水果，
夜光杯裡閃爍葡萄酒，
小丑站在安靜的樹木影子裡，

給吸菸的白鬚老人講古老的傳說。
傳說，神祕的山谷裡藏著寶藏，
傳說，有一種魔法可以點鐵成金，
傳說，有一種符咒可以醫治百病，
傳說，巫女會把自己的丈夫變成禽獸，
……
海黛的父親看著這一切，聽著這一切，
沉默無聲。他本就性格陰沉，言辭很少，
他沒有派人來打探，也沒有進行通報，
此時更是想來個惡作劇，看女兒玩什麼把戲。
他十分驚異，家裡怎會有這麼多客人。
他尚且不知，謠言說他已葬身大海，
家人們整日以淚洗面，
悲傷得好像天塌了一般。
但是愛情平復了傷痛，海黛為自己準備了盛大的婚禮，
她對所有人都仁愛，對老人尊敬，又喜愛孩子，

並且樂善好施，慷慨大方，
把專制黑暗的小島變成了快樂的王國。
僕人們即使犯了錯，
她也會寬恕。
結果，婚宴上僕人們大多喝得醉醺醺，
以至於認不出老主人。
蘭布洛拍拍一個希臘人的肩，
問他這是什麼節日，
那個醉鬼居然說，我沒有時間，隨後就喝了一大杯酒。
旁邊的一個醉鬼插話說，你最好去問我們的女主人。
女主人？這島嶼何時有了女主人。
醉鬼說，老主人蘭布洛死了，
他的女兒就是我們的女主人。
海黛的父親——蘭布洛頓時怒火沖天，然而他很快就恢復了平靜。
他壓著怒火問，海黛是你們的女主人，那誰是男主人？
醉鬼說，我不知道，我只知道這烤雞很美味。

他不再問，但是怒火在胸中熊熊燃燒，
那怒火像火山爆發，吞噬了他內心的柔情。
他穿過遊廊、花廳、裝飾滿浮雕的門，
直奔笑聲喧譁的內庭，
他遠遠窺見了海黛和她的情人。
紅毯映襯著燭光，玻璃盞裡翻動著美酒。
微風吹動飄飛的香屑，
樂隊奏著柔美的管弦，
盛宴上嘉賓頻頻致禮，
海黛儼然是今夜的公主。
她與唐璜坐在華貴的寶座上，
踏足的小凳子鋪著鑲藍邊鏤空花紋的緋紅錦緞，
最令人驚嘆的是那張大床，
足足占據了房間的大半。
天鵝絨的墊子色彩明麗，
中間是一輪浮出碧藍海面的金色太陽，

周圍鋪陳著金燦燦的霞光，
流光溢彩，瑞氣千條，
即便是國王，也配得上這個氣派。
海黛的模樣更是恍若神妃，
眉黛長似煙雲，珠花流蘇像月光，
一頭青絲綰了起來，像是飄逸的凝雲，
幾縷鬆散的長髮飄落在肩，映襯得渾圓的肩膀更加雪白。
一支東方的銀簪子斜插髮間，
晃動的寶石令人目眩神迷，
大紅的禮服袖口刺繡著藍色的牡丹，
淡黃的胸衣凸顯她豐滿的胸脯，
胸脯隨著呼吸起伏，宛若柔媚的波浪，
滾動著青白、天藍與碧綠，
珍珠扣閃爍華光，映著外披的璀璨罩衫，
像星光之夜，也月光流淌。
唐璜的禮服同樣華貴無比，宛若王侯。

他披著黑底金絲的巨大斗篷，
內襯是潔白透明的綢緞，
襯衫是真絲，褲子是名貴的紡綢。
鑲嵌在領子上的寶石晶瑩剔透，
纏繞在脖子上的絲巾流溢優雅的痕跡，
以及少女的氣息。
燈光闌珊，賓客歡笑著散去。
這一對為上蒼所眷顧的璧人，
享受著大洋流光的美景，夜空長天的祝福。
這一刻，光陰停駐；
這一刻，萬物靜默；
這一刻，世界只屬於他們兩個人。

十二 歡樂中的哀愁

唐璜與海黛，沉浸在奶與蜜的世界裡，
有時候不免感嘆人生苦短，

他們只願青春永在，光陰不老，
或者死在歡娛的春潮中。
愛與死亡，都來不及思考，
它們像空氣和水一樣，體現造物的美妙。
他們長久地彼此相望，含情脈脈，
眼睛裡閃爍著寶石般的光彩。
西風落日大海，椰林小道岩石，
他們彼此愛撫，
身體的語言比任何話語都能直達心底，
偶爾的眉目傳情，便能表達一切。
有時候他們低聲說話，溫言軟語，語調不清，
意亂神迷，心旌搖曳，
然而他們卻能彼此明白，
這是戀人間的神祕傳達。
他們一起凝望落日，
一起欣賞落霞，

愛情瀰漫在暮光裡，征服了彼此的心靈。
此時，他們在霞光裡彼此對視，
內心忽然閃過一陣波動！
宛若狂風吹散了琴聲，
寒流搖撼著火苗，
一絲哀愁在她心底泛起，
淚水不由得湧滿了眼眶，
她明麗的眼眸似乎看到，
幸福在火焰中變為灰燼。
唐璜內心一陣悲哀，
他問自己的心，
愛人的無端的哀愁，究竟從何而來。
他用詢問的目光看著她。
她卻微笑著把頭轉向一邊，
那笑容一閃即逝，短暫，
但卻像預兆般令人無比震撼，

像牆角的一縷雪。
她將嘴唇壓在他的嘴唇上，
阻止了他的語言，
她想用無聲的靜默把不祥的預感，
從心中攆走。

十三　噩夢

唐琬與海黛彼此相擁，
手臂糾纏在一起，心也印在一起。
他們想，為何不在此刻死去，
所有的人都會死。
最高貴的死，是殉道和殉情，
不為道義死，就為愛情死，
我只願——
為我的愛人而死。
一股寒流侵襲了唐琬的夢，

使他打了一個寒顫。
海黛秀美的嘴唇彷彿流淌著無聲的語言，
嬌媚的臉龐被夢境所牽引。
彷彿風吹過玫瑰園，搖落無數花瓣，
彷彿夜晚的涼露，侵擾雲鬢。
彷彿阿爾卑斯山山谷的飛泉流瀉，
飛濺無數晶瑩的珠花。
她被夢境所攫取，
她夢見自己一個人站在海岸的峭壁上，
兩隻腳被捆縛在岩石上，
不能移動，不能哭泣，甚至不能呼吸。
一排排凶猛的海浪撲來，
直淹沒到她的唇邊，
淹沒了她的鼻子，眼睛，額頭，
使她發不出任何聲音。
海水企圖淹死她，

然而她連死也不能。
她掙扎著，終於逃脫了桎梏，
兩隻潔白的赤足在沙石上奔跑。
尖利的石塊刺破了她的腳掌，
柔軟的沙子拉扯著她的腿，
每一步的前行都留下血的印痕，
每一步都摔倒在地。
一個詭異的影子在前方掠過，
令她驚慌失措。
她企圖看清他，
但那個影子卻始終不停。
忽然，她又夢見自己在岩洞裡，
洞頂上的鐘乳石像利劍般垂下，
海水激起的浪花在洞口飛揚，
母豹瞥著眼睛在灌木叢裡潛伏。
她凌亂披散的秀髮滴著水珠，

黑白分明的眼眸裡滑落淚水，
唐瓚躺在她的腳邊，冰冷溼透，
沒有一絲熱的氣息。
臉色蒼白得像海水留下的浪痕，
她企圖擦乾他臉上的水，卻毫無作用。
她用盡種種方法，無限溫存，
然而他有力的心臟卻永遠停止了跳動。
大海的波浪為他唱起輓歌，
魚人的哀曲不斷在耳際迴蕩。
這夢境似乎比人的一生都要長，
她凝視著辭世的愛人。
發現他的面孔變成了另外一個人，
那是她的父親，
她瞬間夢醒，
不錯，她確實看到了自己的父親。

十四　父親和愛人

海黛興奮地歡呼著，卻又跌落塵埃，
她悲喜交集，
本以為父親已經葬身海底，
沒想到今生還能相逢。
唐璜被海黛的呼聲驚醒，
從床上一躍而起，
他拔出馬刀，指向侵入他們臥房的人，
蘭布洛——海黛的父親冷冷地看著，不發一語。
他大笑著說：「我有快刀一千把，
只要我一聲令下，就能立刻將你拿下，
不懂禮節的小子，快將刀放下。」
海黛擁抱唐璜，哭泣著說：
「這是我的父親，快放下刀請求他的饒恕。」
她跪下親吻著父親的衣襟，
請求他寬恕唐璜的無知。

蘭布洛對女兒的請求不置可否，
只是看著憤怒的唐璜，命令道：「把刀放下！」
唐璜回應道：「你休想！」
蘭布洛憤怒至極，從腰間拔出了手槍，
大聲說：「快放下刀，否則我就讓你當場喪命。」
他只需要點燃火繩槍的引線，
唐璜立刻就會血濺新房。
海黛縱身擋在唐璜的前面，
對父親說：「你先殺了我吧，我愛他，
要死我也要和他一起死。」
剛才她還淚水漣漣，像一株柔弱的垂柳，
此刻她卻剛強無比，像一隻英勇的母獅子。
父女倆對峙著，彼此熱血沸騰，
父親略一思慮，做出了妥協。
他將槍插回腰間，
對唐璜說：「外鄉來的小子，我不曾虧負你一絲一毫，

但你卻把我的家毀壞，近乎破碎，
我已給予你最大的仁慈，你還不快把刀放下，
你若再不聽勸，我立刻砍下你的腦袋當球踢。」
唐璜略一遲疑，便聽到一聲哨聲，
他被奪下了馬刀，瞬間被七、八個人按倒。
唐璜奮起反抗，搏鬥非常慘烈，
他受到重重一擊，鮮血順著傷口流出。
蘭布洛對手下發出命令，
把唐璜捆起來
扔進販奴的船艙底部，
並規定船必須在九點鐘離港。

十五　傷逝

海黛看見愛人倒地，血飛濺，
心如刀割。
她掙開父親的手臂，

頹然撲倒在塵埃裡。
她的嘴唇溢出一縷鮮血，
染紅了胸衣。
她低垂著頸項，眼裡湧動著淚珠，
好像被狂風摧折的百合。
生命的美好不能束縛她，死亡的猙獰也不能毀滅她。
來自她的母親——摩爾人賦予了她剛強的性格，
她將徹底面對世界，
樂園或者荒漠，沒有第三條路。
身軀會腐朽，
但激情依然如故，
她宛若充滿靈氣的雕塑，
寂然無聲。
維納斯的嫵媚雖然凝固在大理石上，
但是神采依舊飛揚。
勞孔（Laocoon）扭曲於巨蟒的纏繞，痛楚溢出岩石，羅馬格鬥士戰死於血泊，但臨終的抗爭之力永存。
雕塑宛若真實，然而不是真實，
它使真實更加富於變化。
海黛終於醒來，彷彿死而復生；
生命彷彿是外來的，迫使身體接受了她的存在。
她正視殘酷的命運，然而無法挽回，
只有那顆心，依舊無比疼痛。
每一次跳動，都充滿真誠。
恨的精神稍微走遠，
女僕們耐心地照料她，以飲食侍之。
父親餵食湯藥，然而她已不認識。
父親，僕人，她最喜歡的房間，
還有往日的友誼，都成為茫然的空白，
她失去了全部的記憶。
父親和僕人企圖吸引她的目光，
卻只看到她瞪大的眼睛，

那目光像燃燒的火焰，又像空濛的星空，
她盯著一個地方，卻彷彿什麼都沒有看見。
整整十二個白天，十二個夜晚，
她不穿華服，不施粉黛，甚至滴水未進，
她拒絕了整個世界，
像一朵枯萎的花朵，在風中凋零。
沒有人知道她最後的痛苦，
她沒有呼喊，也沒有發出任何聲音，
她的絕世容顏遮蔽於陰影，
她的靈活眼眸凝注於一瞬。
她死了，隨她離去的還有未來得及出生的小生命。
來自天國的清露傾瀉，
也無法挽救這霜摧的果實，血染的花朵。
這島嶼後來被遺棄，島民遷居，華屋傾倒。
只有海黛和父親的遺骨安葬在這裡，
沒有墓碑，也沒有安魂之曲，

只有大海目睹了這一切，
悲傷地翻捲。
希臘的少女們曾用哀歌，詠嘆海黛的愛。
遷居的島民，也曾在漫漫長夜將這一切講述。
夜色大海靜，傳說流萬古。
孤島痴情女，唯有詩人知。

十六　囚徒

唐璜身戴鐐銬，囚於船艙的黑暗角落。
白晝掠過眼睫，黑夜的翅膀又飛來，
時間過去了一天又一天，
往事安慰著他的內心。
使他忘卻光陰的逝去。
順著風吹來的方向，
他發現伊利安海岬出現在船舷一側，
他沉溺於舊事，

即便是西吉海角的壯美風景，
也無法令他歡樂。
他被帶到甲板上，打上了奴隸的標記。
他面朝大海佇立，凝望著滾滾波濤，
大海是英雄的戰場，也是英雄的墓場。
他流血過多，尚顯虛弱，
然而內在的力量，使他看起來神采閃爍。
船上載滿了奴隸，包括義大利人，
其中有受過專業訓練的歌唱家，
這卻十分稀奇。
原來他和劇團從利佛諾港口出發，
去西西里島演出，結果路遇海盜，
他們被經紀人出賣，販賣為奴。
奴隸販子給他們戴上枷鎖和鎖鏈，
男女分開關押，
準備送往君士坦丁堡的奴隸市場，
拍賣個好價。

十七　君士坦丁堡奴隸市場

在君士坦丁堡的奴隸市場，
唐璜特別引人注目，
他年少伶俐，但神情憂傷，
面色蒼白，神采盡失，
或是失血過多，或是溺於情傷。
他落魄至此，居然落在韃靼人中被拍賣。
儘管身為奴隸，但他神態平靜，
器宇軒昂，眼神中帶著不可磨滅的昂揚。
一個上了年紀的黑人權貴走了過來，
他是蘇丹王宮裡的大太監，名叫巴巴（Baba）。
他打量著這群奴隸，
那神態彷彿少年看情人，
賭徒看賭馬，裁縫看布料，
又像是獄卒注視牢獄中的囚徒。
他將奴隸們一一看遍，從頭到腳打量一番，

回頭與賣主談價錢，
他談定了一個奴隸的價格，又談另一個奴隸的身價，
一會兒破口大罵，一會兒據理爭辯，
好像一個精通辯術的辯手。
他討價還價，好像是為了購買牛羊，或是驢子，
一次又一次壓價，最終成交。
他購買了兩個人，
一個是唐璜，還有一個年輕人。

十八　進宮

大太監巴巴帶著唐璜和另一個奴隸，以及一批貨物，
上了一艘金漆描繪的船，
操槳手劃動船隻，像離弦的箭飛過水面，
唐璜和他臨時的夥伴惶恐不已，
像等待判決的囚犯。
船隻在水面上劃起一道波痕，

快速地駛進一條航道隱祕的小港口，
港口深處樹木蔥蘢，濃蔭遍地，
一道被花木掩蔽的精緻的門顯露出來。
太監小心地上前敲擊，片刻後一扇便門開啟，
此時暮色已經降臨，他向船上的人打了個暗號，
小船便在夜色中消逝，
太監巴巴帶領唐璜等二人進入便門。
穿過一片低矮的灌木林，
一條路向濃蔭深處延伸，
路的兩邊是偉岸高大的樹木，
他們艱難地向前摸索，因為夜色幽暗深沉。
唐璜的大腦裡閃過一個念頭，
若是將這老傢伙擊倒，也許可以就此逃跑。
他把自己的想法悄然告訴同伴，
同伴欣然同意。
正當他們準備行動的時候，

黑暗的通道盡頭出現了燈光，
一座顯赫的宮殿隱現，
高大喬木掩映著它，飄來夜來香的淡淡香味。
宮殿宏大壯麗，鎏金飾彩，
廊柱鑲嵌著青玉和海貝，
門楣上閃爍著水晶的光澤，
鏤空雕花的窗戶流溢著十二支燭光，
好像歌劇院的布景。
奢靡華貴，這正是土耳其人的風俗，
博斯普魯斯海峽兩岸的帝王行宮，
窗色新晴，春意破了瓊英，
也如此般，像剛剛描繪好的畫屏。
他們跟著太監向前走，
一股食物的香味飄來，令人饞涎欲滴。
那是精緻菜餚，烤肉的香味，
這香味足以打消唐璜的卑劣念頭。

他回頭勸夥伴放棄，
等吃飽了也許更有力氣逃跑，
同伴點頭，同意唐璜的建議。
他們跟著太監踏上宮殿的臺階，
走向一扇大門，巴巴在門扉上輕輕敲了幾下，
一間華麗的殿堂出現在他們眼前，
這大廳用水晶裝飾，流光溢彩，
顯示出土耳其帝國的榮光。
他們懷著異教徒的忐忑穿行在大廳，
卻並未引起廳內人的觀望，
有人向太監巴巴點頭，也有人視若無睹。
他們走過大廳，穿過長廊，
從一片精緻的殿宇間穿過，
這裡靜寂無聲，瀰漫著無法言說的奢華。
萬籟俱寂，只有大理石噴泉的滴答聲，
打破了夜的恬然。

一間散發著幽香的窗扉亮著燈，
那是一個貴婦的閨房。
她聞聲之後，打開窗凝望，
烏黑的眼睛像夜空的星星，
又像最珍貴的寶石。
唐璜跟著巴巴來到一個僻靜的小宮殿，
從黑暗的夜幕中看到爍亮的燈，
他的眼睛逐漸適應了光明，
他為自己看到的一切震驚。
這裡存放著世界上的一切，
是一切財富的集合，
最名貴的寶藏也顯得平淡無奇，超過人的想像。
華麗的沙發令人畏懼，似乎坐上去就是罪惡；
織金的地毯精美至極，
每一條線都滾金鑲銀，
令他們不敢舉步，踏足於其上，

簡直會產生最玄妙的想像。
唐璜和他的夥伴瞠目結舌，簡直看花了眼，
然而太監巴巴卻習以為常，
他踏過地毯，拉開一扇衣櫥的門，
一大堆華麗的衣裳滾落。
所有的衣服都經過名匠的剪裁，
不論是土耳其人，還是歐洲人，
乃至任何一個民族的人，
都能在這裡找到適合自己的衣裝。
唐璜的夥伴選了一件褲子、長至膝蓋的坎迪亞式外套，
還有一條喀什米爾羊毛的圍巾，
以及一雙番紅花顏色的舒適拖鞋，
還有一柄裝飾精美的短劍，這完全是一套土耳其貴公子的行頭。
太監用含蓄的言辭暗示道：
「你們只要順從命運女神的旨意，
朝向她所指的道路走去，

一定會獲得巨大的恩賜。
當然，如果你肯接受閹割，
你將會擁有更加豐富的未來。」

十九　男扮女裝

唐璜看著滿地的華服，卻無動於衷。
太監遞給他一件衣服，警告說：「你最好也把衣服換上，
即便是一位公主，也不會拒絕如此華裝。」
唐璜望著巴巴手中的衣裳，那是一件女人的衣服，
他可沒心思參加化妝舞會，所以拒絕道：
「我不是女人，不會穿你選定的衣冠。」
太監巴巴冷淡地說：「你是什麼人，
我並不關心，但你必須照我的指令行事。」
唐璜說：「可否告訴我，這究竟是什麼鬼把戲？」
巴巴說：「不許向我提問，我無可奉告。」
唐璜說：「你若不告訴我，我就——」

巴巴怒斥道：「不許頂嘴，不要燃起我憤怒的火焰。」
唐璜無奈地說：「可是這討厭的衣服讓我看起來像一個女人。」
巴巴說：「不錯，我就是要你扮成一個女人，
快穿上，讓你扮女人自有道理。」
唐璜嘆息著低聲說：「真見鬼！」然後拿起了那衣裳。
他換上肉色的絲綢褲子，還綁了一條精緻的處女帶。
他穿上貼身的乳白色薄襯衫，以及一件綴滿流蘇的裙子。
然而他終究不像女子般熟練，
穿的時候跌跤摔倒，令人笑嘆。
巴巴刻意將唐璜扮成一個女子，
給他戴上假髮，飾上珠寶，
又借助剪刀，脂粉和髮油，
誰說他是一個少年，簡直是天生的妙齡美人。
巴巴召喚奴僕，將扮成土耳其人的奴隸帶去吃飯，
卻命令唐璜跟著自己，不需多言。
唐璜道：「你要將我帶往哪裡？」

巴巴說：「你以為這裡是野獸窩嗎？這是皇宮！
你只需跟著我走，絕不會傷害你，
你會發現，這裡簡直是樂園。」
唐璜說：「最好如此，否則休怪我拆穿你的把戲。」
巴巴說：「不要頂嘴，走幾步讓我看看。」
唐璜回頭看著一起進宮的夥伴，
那夥伴十分憂傷。
「再見了，我的朋友。」
「別了，朋友！」他們互相致意。
唐璜說：「假如我們再無相見，
我祝你衣食無憂，擁有美好生活。」
那夥伴說：「這是命運之神的安排，
我願你保留好的名譽。」
那少女（唐璜）說：「即使土耳其的蘇丹也無法令我動情，
除非他要與我成婚。」

二十　拜見神祕貴婦

唐璜與夥伴分開，跟著大太監巴巴走出雕花的門，
經過一座座飄蕩著香料氣味的樓閣，
穿過一個又一個曲折的迴廊，跨上一階階雲石平臺，
最後走向一座宏大輝煌的門廊。
在婉麗曖昧的夜色中，這座門隱現著王者的威嚴。
門廊裡飄散著幽香，若有若無，
他們彷彿正靠近一座神龕，
觸摸壯麗、靜謐、自在與安然。
這兩扇門厚重，鏤刻著繁複的花紋，
門扇上鑲嵌著黃銅浮雕圖案，
那是一幅戰爭的紀錄：
戰士們在沙場奮力血戰，
戰死者屍橫遍野，勝利者姿態昂揚，
遠景裡描繪潰敗者正急於逃遁，
近景中勝利者捆綁著一群戰俘。

這也許是君士坦丁堡陷落前的藝術品，
曾屬於東羅馬帝國的君主。
在即將跨入大門時，巴巴叮嚀唐璜：
「你最好改變男兒的神態，
讓自己有一絲女子的柔媚，
就算你不能像女子般弱柳扶風，
也勉強搖擺臀部。
守門人的眼光極為犀利，
如果被他看破了你的身分，
說不定會被裝入袋扔進大海，
今晚在博斯普魯斯海峽，
天亮的時候恐怕已到馬爾莫拉。」
他千叮嚀，萬囑託，
這才在前面繼續引路。
這是一個比先前任何殿宇都豪華的宮廷，
牆壁上裝飾著琉璃，柱子上貼滿水晶，

軒窗上釘滿瑪瑙，翡翠在家具上閃爍光芒，
地面鋪著碧玉，吊燈上裝飾著珍珠。
黃金酒杯光亮閃爍，純銀刀叉流溢光彩，
交錯的光芒宛若千萬條銀蛇，令人目不暇給。
裝飾華貴的傘下有一座軟榻，
一位高貴的夫人斜倚著，
天然妙目，正大仙容。
太監巴巴跪倒在地，行跪拜禮，
唐璜雖不習慣這東方的禮節，
但仍然躬身行禮。
貴婦人優雅地欠身，宛若女神維納斯從大海中浮現。
她微笑著注視他們，眼眸頓時使所有寶物都失去光華。
她抬起月光般的手臂示意，
巴巴趕緊趨步上前，跪倒親吻她的裙裾，
然後向她報告著什麼，似乎在說唐璜。
她國色天香，儀態萬方，

閃爍著高貴的，令人無法抵抗的力量。
她向侍女們發出指令，
這群擅長舞蹈的侍女立刻展開成舞蹈隊形。
她們的裝扮完全和唐璜一樣，
原來太監巴巴給唐璜所穿的，正是她們的衣裝。
她們是月神黛安娜的侍女：
面容姣好，身段秀美，宛若降塵的仙子。
當所有侍女都退下，
巴巴暗示唐璜向前——
親吻貴婦的腳。
唐璜十分不悅，堅決拒絕。
巴巴先是引誘，然後是威脅：
「你若不識時務，恐怕會被絞死在弓弦之下。」
唐璜堅絕不屈服，他是卡斯提爾人的後裔，
血管裡流淌著高貴的血液，怎可行這野蠻、齷齪的禮儀。
即便是把刀架在他的脖子上，他也堅絕不會屈膝，巴巴見唐璜不肯就範，只得建議他吻貴婦的手。
對此，唐璜十分樂意，
按照文明的禮節，紳士們總是親吻淑女的玉手。
他的儀態並不優雅，但走了上去，
在貴婦潔白若凝脂的手上，
留下了一個真誠的吻。
情人的吻最銷魂，足以使你付出所有的赤誠。
貴婦含情脈脈地看著唐璜，
命令巴巴退下。
大太監後退著離去，
臨走時叮囑唐璜不要惶恐。

二十一　來自王后的誘惑

貴婦注視著唐璜，
臉上閃爍著奇異的神采，
那光潔的額頭散發著魅惑的激情，

一抹紅雲飛上她秀美的臉頰。
她甘泉般清冽的眼睛，
流露著令人難以思索的感情；
三分是淫蕩，七分是權勢。
她的笑容甜美，但卻令人不可親近。
她纖細柔美的腳，
似乎踩著發散權力的大地。
她微微頷首，似乎是表示肯定，
又好像是彰顯自己高貴的身分。
她生來就受到萬千奴僕的侍候，
在頤指氣使的氛圍中長大。
她甚至佩戴著一柄精緻鋒利的短劍，
這是該國的習俗，表明她是蘇丹的妻子。
她是帝國的王后。
——古爾沛霞絲（Gulbeyaz）。
她任性，驕傲，為所欲為，

因為她是帝國最有權勢的女子。
她看到唐璜被販賣，
於是密令巴巴去市場贖身，
無論用什麼手段，無論花多大代價，
都要將唐璜買下，原來這一切，都是她的安排。
蘇丹的妻子，帝國的王后，
怎麼會有這般想法？
還是由她自己來解釋，
她的丈夫——貴為帝國至尊的蘇丹，
在王后的眼裡也並不神祕，
也只是一個男人。
且不去管這最尊貴的女人的內心，
她奔放著激情的嘴唇正微微開啟，
以柔美令人傾倒的聲音
問唐璜：「你是否愛過一個人？」
這句話令唐璜臉色瞬間變得蒼白，

因為他的心底浮現起海黛的臉龐，
那海上的孤島仍然在他心靈的深處。
他頭腦發脹，熱血上湧，胸口彷彿放置了一塊燒紅的炭。
王后的話像一柄銳利的阿拉伯長矛，
刺入了他靈魂的深處，
使他痛不可言，
淚水像湧泉一般。
古爾沛霞絲十分驚訝，她冒險將這個年輕人引到身旁，
本想與他一訴衷腸，
分享愛情的祕密，共享那甜蜜芬芳，
但光陰流逝，千金一刻，唐璜卻似乎無動於衷。
她把手放在他的肩上，
用動人的眼神望著他，
那目光宛若秋日的水波，瀲灩生輝，
從眉梢到眼睫，都溢滿愛情。
然而，唐璜依舊不為所動。

她站了起來，眉梢帶著憤怒和猶疑，
然而，她的猶疑只停了片刻，
就投入他的懷中，緊緊將他擁抱。
唐璜深知這是試探性的誘惑，
但他內心充滿悲哀，
他無法在此時滿足王后的情慾，
他輕輕地，但是非常堅決地推開了古爾沛霞絲的手臂。
他冷冷地，高聲地說：
「雄鷹不會在鐵籠中產生愛，
我也不願做王后的玩物。」
王后憤怒的臉上燃燒起絢爛的火焰，
這是女人遭受挫折後的神色。
她的第一個想法是砍了唐璜的頭，
總之，她要想盡辦法懲罰這個不識時務的男人。
然而，她又回心轉意，決意讓侍女帶唐璜去安寢，
不過，要賞太監巴巴一頓鞭子。

她充滿羞辱感，真想拔刀自殺，
卻又想大哭一場。
唐璜內心激動，狠下心腸，
就算是將他碎屍餵狗，或者丟給獅子，
甚至做魚餌，
他也絕不會陷入王后的溫柔鄉。
然而，王后梨花帶雨的淒楚模樣很快令他心軟，
他囁嚅著乞求王后的原諒，
王后破涕為笑，
報以月光般的笑容。
這時，太監巴巴進來報告：
「尊敬的王后，陛下正朝您的寢宮走來。」
古爾沛霞絲帶著失落，嬌聲說：
「期待他發光的時候，他不來；
喜悅於黑暗的時候，他卻偏偏發光。」
唐璜隨後被太監帶出王后寢宮，

身後傳來侍女們向蘇丹問安的聲音。

二十二 混在宮女中

不管王后如何向君王承歡，
無論是歡娛，還是痛苦，
也不管他們做何夢，
總之打散了一對情人的歡宴。
淚水之痛皆不足以憂心，
只是那隱憂如涓涓細流，
像穿石之水，一日復一日，
會將靈魂侵蝕。
王后侍寢在蘇丹身側——
滿腹怨恨望著枕邊人。
她或許是這樣一個女人，風流浪蕩，
愛上初相識的少年郎。
她一夜不闔眼地望著窗櫺，

尋找久久不曾出現的曙光。
輾轉不眠，悚然一驚，
她害怕丈夫突然甦醒，看穿她的祕密。
唐璜穿著宮女的衣裝，
與侍女們一起向蘇丹請安，告退。
侍女們將要回到自己的香閨，猶如出籠的鳥兒，
丟開那束縛人的禮節，舒展身體。
她們情竇初開，心臟為愛情而跳，
她們雀躍歡呼，笑聲像銀鈴般燦亮。
唐璜自知是男扮女裝，
一點也不敢馬虎，以免露了行跡。
他跟隨眾侍女走進長廊，
回到侍女們的臥房。
太監在兩側侍候，長侍女——
一位年紀很大的女官，在前面帶路。
大家都叫長侍女嬤嬤，

她輕移蓮步，姿態高傲，
一邊糾正侍女們的儀態，
同時維持宮廷的規矩。
侍女們未經她的許可，
不准擅自行動。
她的外號是：侍女的管家（諧稱「少女的媽媽」）。
但是當侍女們進了自己的房間，
就變成了小孩，嘰嘰喳喳的小鳥，
和無法理解的瘋子，
她們像春天的潮汛，顯現著奔放的熱情。
她們像擺脫掉婚姻牢籠的女人，
像渴望自由和愛情的女子。
她們帶著鄉野與市井氣息，
只要無人束縛，就又唱又跳又笑，一切都美好。
她們總是有說不完的話題，
當然今天的話題圍繞新來的這位淑女。

她的儀態，姿容，口音，髮式。
有的說，她（指唐璜）的身段與衣裝不配，
有的詫異她為何不戴耳環，
有位侍女說她成熟得像夏天，
另一位侍女爭辯說，她正是青春妙齡，
有位侍女說，她的身段真像男人般挺拔，
另一位侍女說，我真希望她是個男人。
大家都圍繞著唐璜，
為這新夥伴釋放自己純潔的友情。
有人希望她是自己的姐妹，有人希望她是自己的弟弟。
如果在故鄉賽加西亞，她們會愛他，而不是王公貴族。
出於內心的溫情，和純潔的靈魂，
有三位侍女對唐璜最關心。
她們是：蘿拉、嘉汀和杜杜（Lolah, Katinka and Dudu），
三位絕世美人兒。
蘿拉像秋天一樣，閃爍著明媚與溫馨，

長髮幽暗如夢，言辭伶俐動人，
眼神清澈，神采如泉水般透明，
好似三女神中的一個。
嘉汀像夏天一樣，肌膚白裡透紅，
纖足曼妙無比，柔嫩的手臂好像月光，
一雙大海般碧藍的眼睛，
從眼前走過時和風吹拂，彷彿清風吹拂蓮花。
杜杜像春天一般絢爛，豐滿迷人，
她嬌媚，圓潤如玉，
呼之欲出的身段更始於橫陳軟榻，
細長的兩眉下，春水動人，攝人心魂。
蘿拉急急地問唐璜：「你叫什麼名字？」
唐璜瞎編道：「璜娜」。
「真是好聽的名字。」蘿拉讚嘆道。
嘉汀說：「你從哪裡來？」
唐璜倒也不撒謊：「西班牙」。

嘉汀說：「西班牙在哪裡？」
蘿拉粗暴地打斷嘉汀的話語說：
「別問了，顯得妳太無知，西班牙是一座島，
靠近摩洛哥。在埃及和丹吉爾之間。」
杜杜卻不發一語，靜靜地坐在唐璜的身旁，
用白嫩的手指撫弄「璜娜」的髮絲，
目不轉睛地凝視她，吐氣若蘭，
彷彿為她流落異鄉而哀嘆。
唐璜望著眼前的美人，
如同身處獅穴，卻又像身處神仙宮闕，
他的心怦怦亂跳，
臉羞得通紅，飛起了一片又一片雲。

二十三　與杜杜同眠

就在宮女們圍著璜娜七嘴八舌時，
長侍女（也就是她們的管家嬤嬤）走了進來，

慈聲說道：「女孩們，該入眠了。」

又對新來的璜娜說：「親愛的，我們不知道妳要來，

因此沒有安排。每一個床榻上都有人，

今晚只好委屈妳與我擠在一起。」

蘿拉說：「嬤嬤，我們知道妳睡眠一向不好，

怎忍再讓別人去打擾。讓璜娜和我睡吧。

我們都瘦小，在一張床上完全能夠睡得下。」

嘉汀說：「我害怕一個人睡，讓璜娜和我一起睡吧。」

嬤嬤說：「妳害怕什麼？」

嘉汀說：「我怕鬼怪，總是有鬼怪纏著我，在床柱上飄蕩。」

嬤嬤說：「有妳這個調皮鬼，我怕璜娜根本無法安睡。

還是讓璜娜和杜杜一起睡吧。她柔順乖巧，不會像妳一樣多話。」

杜杜一聲不響。嬤嬤問她：「親愛的，妳願意嗎？」

杜杜走上前去，親吻嬤嬤，表示同意。

她又親吻蘿拉，嘉汀，然後帶著璜娜去自己的房間。

因為嬤嬤偏心，其他侍女們都十分不滿，

但懼於她的威嚴，也不敢多言。
杜杜和璜娜回到房間，
卸去衣裝，一件件取下珠寶首飾，
褪去長裙，裸露出白如皓月般的玉體，
彷彿月光從雲端流溢。
她的栗色鬈髮如同雲煙，
輕籠著令人不敢直視的容顏，
她的頸項懸著一顆明珠，更顯得線條高貴柔美。
她的肩膀彷彿大師的雕刻，沒有一點瑕疵。
她的雪乳堅挺高聳，一圈紅暈像淡淡的朝霞散去。
她準備幫璜娜卸妝，卻遭到委婉的拒絕。
由於這客氣的拒絕，她的手被別針扣刺傷，
正是這害人的發明，救了唐璜。
他巧意遮掩，總算沒有被識破，
小心地裹著衣裝，睡在杜杜身旁。

二十四　杜杜的夢

燭火熄滅，青煙尚未散去，
夢魘的精靈在各個房間裡活躍。
人們或驚嚇於夢裡的怪誕，
或在夢裡與自己的愛人極盡纏綿。
杜杜忽然大叫一聲，
這一聲彷彿閃電劃過皇宮，
將所有的侍女們都嚇醒，
包括那位無微不至的嬷嬷——少女們的管家。
她驚慌失措地衝進杜杜的房間，
侍女們也都像潮水般湧了過來，
卻見杜杜瞪大眼睛，兩眼迷濛，
但神色緊張，彷彿還未從夢魘中喚醒。
她的衣裙散亂在地，彷彿七彩霞光，
她秀髮蓬亂，彷彿青雲遮蔽天空。
她胸前跳盪的雪峰，善良的手臂和腳踝，

簡直像彗星劃過長空，令人無法正視。
她羞澀，驚慌，心如小鹿撞一般，
緋紅的臉頰上是珍珠般的淚珠。
然而，璜娜卻安靜地睡著，
彷彿睡在妻子身邊的丈夫。
當眾人將她喚醒，她打著呵欠，
睜著惺忪的眼睛，露出訝異但謹小慎微的表情。
眾人鶯鶯燕燕，問個不停。
還是嬤嬤冷靜，叫杜杜說出驚嚇的理由。
杜杜被眾人吵得眩暈，好一陣才定住心神，
她雖然不像布魯圖斯一樣能言善辯，
但也不是笨嘴的女孩，
她告訴大家，一個驚怖的夢。
在一片幽暗的叢林裡，
她一個人行走著。
那些樹木高大，壯碩，結著甜美的果實，

其中一棵樹上長著金蘋果，
她深知這是稀世珍品。
因此駐足觀望，撿起地上的石子投擲，
想把那甜美的果實擊打下來。
然而那果子長得十分牢固，
不論她怎樣努力，都高高掛在枝頭。
正當她灰心喪氣，準備放棄的時候，
那果子卻自動墜落，落在她的腳邊。
她撿起果實，準備咬一口的時候，
忽然飛出一隻蜜蜂，將她狠狠地螫了一口。
她痛得大叫一聲，
原來是一場夢境。
眾人以為出了天大的事，
原來是一個無關痛癢的夢。
嬷嬷大為光火，她從溫暖的被窩裡起來，
以為發生了什麼事情，原來卻是一個算不上荒誕的夢。

她將可憐的杜杜狠狠教訓了一頓，
叫她以後切莫再犯蠢事。
就算是做了奇怪的夢，
也要鎮定自若，
絕不許再大驚小怪，
徒留笑柄。
眾人失望地散去，
抱怨，或者低聲談笑，
杜杜一再向大家保證，向神發誓，
絕不會再擾大家的清夢。

二十五　王后的憤怒

天空泛起曙光，黎明終於到來。
古爾沛霞絲在一夜未眠的倦意中起床，
焦慮在她的臉上寫滿傷感，
愛情在她的眼角勾勒煎熬。

她仔細地為自己上妝，在秀髮上妝點寶石。
用輕紗裹起自己曼妙凸顯的身段，
宛若傳說中的夜鶯，
胸口刺著荊棘，仍然婉轉歌唱。
為長久的等待而強忍痛苦，
聲音也顯得悲傷。
稍晚的時候，她的枕邊人，
威嚴不可測的蘇丹，也起床了。
他統治著三十多個王國，
和一個並不喜歡他的妻子。
君主與王后是否相愛，其實並不重要，
重要的是他們的榮耀。
古爾沛霞絲終於等她的丈夫離開，
欣悅地回到自己的私人空間，
她在這裡用餐，讀書，還期盼愛情，
這是只屬於她一個人的世界。

華屋帷幔，屋頂裝飾著的寶石輝光閃閃。
翠玉盤裡盛滿果實，
精緻的瓷瓶裡插滿芬芳的花朵和孔雀羽毛。
她命令侍女將大太監巴巴傳喚來，
詢問他唐璜在何處？
他昨晚在何處就寢？
他是否露了馬腳？
是否被侍女們發現？
這一長串問題劈頭就問，
巴巴只能避重就輕地回答。
他盼望唐璜沒有暴露身分，
實際上這青年人行為端正，至今未被識破男兒身。
巴巴向王后稟報了一切，
除了杜杜的夢境。
古爾沛霞絲感到一陣眩暈，接著是憤怒，
彷彿內心受到劇烈的撞擊。

她憤怒地吼道：「你這大膽的奴才，
快把那一對男女給我帶來。」
巴巴裝糊塗，不知王后說的是什麼，
仍然假意詢問。
「昨晚同寢的女人，以及她的情夫，快給我帶來。
把船停在便門外的渡口，照我說的去做。」
王后怒不可遏，但又不可捉摸。
太監巴巴不敢再進諫，他怕王后將他送上絞架。
巴巴命下屬傳召唐璜和杜杜，
並令他們盛裝打扮。
他們被帶到王后面前，皇后的垂詢十分殷切，
唐璜和杜杜對一切都一無所知。
他們必須立刻起身，離開皇宮。
至於他們要去哪裡，我們暫且不說，
總之絕不會葬身大海，也不會有別的厄運。
詩歌之神拋換了話題，灑花講述一場戰爭。

二十六　蘇沃洛夫將軍

那是土耳其的名城——伊斯邁，
在多瑙河支流的左岸，
城內的建築頗有東方風味，
過去一直以要塞堅固而聞名。
但以後說不定會被摧毀……
征服者總愛玩這種把戲。
它距海岸線八十俄里，
它的城牆三千土瓦茲。
它有一座碉堡，
薄卻堅硬的牆壁，宛若人的頭蓋骨，
有兩座炮臺，如聖喬治島的模樣，
一座隱蔽在下面，一座建築在平臺上。
士兵駐守多瑙河岸，威勢赫赫，
將軍縱觀戰局，從未失敗。
在城的右邊，還有二十二尊大炮，

氣勢洶洶，層層排列在軍事要衝。
但是多瑙河沿岸卻沒有防禦，
土耳其人不相信俄軍會從水上進攻；
直到俄國的軍艦停在他們面前，
此時反擊已晚。
但是涉過多瑙河也並非易事，
所以他們望著莫斯科的艦隊，
高呼：真主保佑。
阿拉。
在伊斯邁附近的島嶼上，
俄國人築起兩座炮臺，他們懷著兩個目的：
一是將這座城轟炸成粉末，
包括官邸和民房，無視無辜的靈魂。
二是趁城內混亂，趁火打劫，
而且可以突襲土耳其海軍艦隊，
此時它正靜靜地泊在近處的港口。

當然，最好的辦法是令敵君不戰而降，彷彿驅逐守門犬。
不幸的是，他們的願望就要落空，
或許是工程師的粗心，
或許是營造商人偷工減料，
在殺人的器具上揩油，以此撫慰自己的靈魂，
不管怎麼說，俄軍的新炮臺缺陷重重，
向對方轟擊，總是打不準，
但自己卻躲不開對方的回擊，
因此陣亡者越來越多。
第十三天，一部分軍隊上了船，
正準備撤離，卻忽然收到了訊息，
煽起士兵們渴望立功揚名的心，
同時，也開始變得興奮。
那紙公文裡寫著：蘇沃洛夫。
俄軍中眾所周知的英雄，將來統領他們。
蘇沃洛夫，身為將軍，

曾經屈尊操練新兵，像基層軍官一般。
這位將軍不怕浪費自己的精力，
曾給士兵表演吞火，
也曾親自表演登梯，
示範如何越過一道壕溝。

二十七　俄軍的「俘虜」

在總進攻前夕，
這位征服者正在訓練一隊士兵。
一些哥薩克人在山間巡邏，
黃昏時捕獲了幾名奸細。
其中一個講不太道地的哥薩克語，
雖然他們並不怎麼聽得懂，
但是透過那語調和神態，
他們發現曾在一個旗幟下作戰。
士兵應他的要求，

把他和同伴一起帶到軍營。

這些人雖然是土耳其人的裝束，

但很容易猜出，他們只是喬裝打扮。

蘇沃洛夫看著這一夥捉捕來的奸細，

以冷峻的面容和犀利目光對著來者說：

「你們是從哪兒來？」

「君士坦丁堡，我們被土耳其人所俘虜，剛剛逃出來。」

蘇沃洛夫說：「你們是什麼人？」

「你看我們是什麼人？」他的話極為簡潔，

因為他知道面對的是誰。

「叫什麼名字？」

「我叫詹森，他叫唐璜，

還有兩個女人，和另一個，半男半女。」

蘇沃洛夫對這班人掃了一眼說：

「我聽過你，但沒聽過唐璜，把這三個人帶來真荒唐。

好吧，記得你曾經在尼古拉耶夫團？」

「正是在那裡，將軍。」
「維丁戰役你參加了吧？」
「是的。」
「率領過軍隊嗎？」
「是的。」
「之後呢？」
「這個難說。」
「在攻陷中，你是第一個？」
「至少沒有落人之後。」
「後來呢？」
「一顆子彈讓我仰面倒下，就做了敵人的俘虜。」
「那你在這裡，可以報仇了，
眼下被圍的城比你之前攻擊的堅固兩倍。」
「你想加入哪個陣營？」
「聽您決定。」
「我想你更希望在敢死隊吧，

經歷了敵人種種折磨後，
你一定迫不及待地準備反擊，
可是這個年輕人呢？
連鬍鬚都沒有長，衣服也撕破了，
他能做點什麼呢？」
「啊，將軍，你可以派他打頭陣，
他在戰場上，如魚得水，正如在情場上一樣。」
「好啊，如果他敢。」
唐璜深深地鞠了一躬，認同了將軍的安排。
蘇沃洛夫接著說：「你的前聯隊，
老天佑護，就在明天，
說不定是今天晚上，就要領頭進攻；
我已向幾位神明許過願，
很快，伊斯邁將夷為一片平地。」
「對了，你現在就去你的前聯隊，
這會兒他們應該整裝待發了。哎——

卡茲科夫！（他召來一名波蘭傳令兵）
將他帶到尼古拉耶夫的聯隊去。
至於這個年輕人呢（他轉身望著唐璜），
就跟在我身邊吧。那兩個女人，
送到糧草車隊或者病人區。」
「我是否能說明一下，尊敬的閣下，」
這位英國朋友，詹森說：
「這不是我們的妻子，我在軍中多年，
不會不懂得這些紀律，
把自己的妻子帶到軍營裡來；
在前線作戰，
最容易讓心緒煩亂的就是妻孩在面前。」
「這是土耳其貴婦，她們及她們的
僕人幫助我們逃脫，又陪伴我們
打扮這樣奇怪的裝扮，經歷艱難的跋涉。
對我而言，這種艱難不算什麼，

但對她們的確不容易，吃盡苦頭。
你若想讓我專心作戰，奮勇殺敵，
我希望你能給她們妥善的安置。」
詹森看到她們無比驚恐，
但他對東方人的情感不是很懂，
就以自己的方式安慰，顯然沒多有用；
唐璜多情、善感又血氣方剛，溫柔地說：
天明時她們一定能看到他，
否則他將讓俄軍不好過。
女人們聽了這句話甚感安慰，
她們才不會去分辨是不是說大話。

二十八　圍城之戰

一切準備妥當……炮火與刀劍，
還有精神抖擻的士兵，早已整裝待發；
隊伍如出巢的雄獅，繃緊肌肉，

準備一場廝殺；又如一條九頭蛇，
蜿蜒前進，吐著信子猶如死亡信號。
九頭蛇是殺不死的，因為你砍掉一個頭，
另一個頭又長出，
正如前仆後繼的英雄們。
三百門大炮猶如在嘔吐，
三萬支火槍噴射著冰雹，
沾染著鮮血，像一丸丸藥劑。
死亡的帳單連篇累牘，一日一新。
瘟疫、饑荒、醫師，像嘀答行走的時鐘，
將過去、現在和未來的凶訊一一匯報；
而這文字所描述的恐怖，
遠遠不及一場真正的戰地景況。
這是唐璜初次上戰場，
在寒冷又漆黑的深夜行軍，
幾乎不弄出聲響，只管疾走，

在行軍的隊伍裡，
唐璜可沒有在凱旋門下那麼信心十足，
現在，他瑟縮著，打呵欠，
看著烏雲壓頂的天空，憂鬱又懶散，
希望快些破曉，但也並沒有因此當了逃兵。
他們攻進了城，一個縱隊殺出一條血路，
另一個縱隊跟進，彎刀與刺刀撞擊，
閃著亮光，或者沾滿血；
遠處傳來母親和孩子的哭聲，還有撕心裂肺的尖叫。
清晨的氣息裡充滿硫磺的味道，
連呼吸都變得艱難。
可是土耳其人，還是不肯撤出城圍，
奮力捍衛自己的領地。
最終城池被占領，一點一點地，
在漫長的過程中，死神喝足了鮮血。
沒有一條街沒有這樣的人：

為了保護它而流盡最後一滴血……
戰爭不再是一種藝術，
讓位於天性的破壞，
屠殺的瘋狂如尼羅河岸熾熱的土壤，
炫弄著種種醜陋的形狀。
一個高視睨步的俄國軍官，
走過成堆的屍體時，感到他的後腳跟，
猛地被一口咬住，
好似夏娃遺留給她後代的教訓：蛇的噬咬。
他拚命地扭身、踢踏、咒罵和撕扯，
被咬出了血，他像狼一樣嚎叫，
那牙齒得意揚揚，咬住他不放，
正如古人所描述的那條狡猾的蛇。
原來是一個瀕死的回教徒，
他感覺敵人從他身上踏過，迅速地，
用牙齒咬住最敏感的腳筋部位。

（希臘詩人所謂的阿基里斯腱）。
無論如何都不肯鬆口，
他的牙齒已經穿透了敵人的肌肉，
據傳，斬斷的頭依然掛在那隻腳上。

二十九　拯救孤女

與城堡一同毀滅，這叫善良的心？
不寒而慄……此時，
一個十來歲的小女孩，美得如五月裡的花，
瑟瑟發抖，想把自己弱小的身軀藏在血泊間。
兩個哥薩克士兵，端著武器，
氣勢洶洶地朝這個孩子追來；
這情形看上去，連西伯利亞最凶猛的野獸，
也顯得仁愛，純潔和善良。
熊算得上文明，虎算得上和善，
狼也要溫馴的多，但這一切要歸咎於誰呢？

他們的天性殘忍？還是因為君主，
讓他們盡情地殺戮？
他們的馬刀在她小小的腦袋上晃動，
一頭秀髮悚然豎立；
這慘烈的景象被唐璜恰巧碰見，
他吼罵了一句惡毒的語言，
猛撲上去，命令哥薩克士兵住手。
唐璜邁過一個個屍體，
把小姑娘從血汙中抱起，
如果再遲一會，這裡將是她的墳墓，
想到此，唐璜不僅毛骨悚然。
詹森跑了過來，
身後還跟著幾百人，叫著：
「唐璜！我的老弟，我用一塊錢打賭：
莫斯科肯定會把聖喬治勛章發給我們。」
唐璜並不理會他，

直到詹森挑出幾個最靠得住的士兵，
保護這名孤女，
並囑咐說：假如這孩子出了差錯，
你們都得被槍斃。
假如到時候，
這小女孩被保護得安然無恙，
這些人至少可以得到五十盧布，
或者更多的獎賞。
啊，不幸的伊斯邁……
燃燒的塔樓映在多瑙河上，
混著血水，紅豔異常。
遠處的廝殺聲和淒厲的叫聲沒有終止。
戰爭的聲音此起彼落，
但大炮的轟鳴越來越低沉，
守城的四萬大軍所剩無幾，一片沉寂，
大概還有幾百人，拖著殘軀。

成為征服者的蘇沃洛夫，
他的功業可與帖木兒或成吉思汗相媲美，
紅通通的火焰在街道和寺院裡燃燒著，
炮火還未完全熄滅，他用沾血的手指，
寫下第一張捷報：
「榮耀歸於上帝與女皇！」
（這兩個名字竟並論而提，蒼天啊！）
「伊斯邁屬於我們了。」
唐璜，我們偉大的主角，
打過伊斯邁的攻堅戰，
如今又被差遣，把捷報送到聖彼得堡，
全城的人都在翹首以盼。
那土耳其的孤兒隨他一起回城，
因為她無依無靠，沒有家了，
她所有的親人，都在圍城喪命，
在她身邊栽倒，成了鬼魂。

她出生的城市已化為一片廢墟，
平日寺院裡低沉的鐘聲再也發不出祈禱，
唐璜心裡一陣陣酸楚，並發誓要保護她，
這一點他倒沒有食言。

三十 趕赴俄國

在戰爭中出了風頭的唐璜，
正帶著公文趕路……這些公文中，
談論流血就像談論喝水一樣；
城市像廢墟，屍首累累已堆滿。
這捷報獻給嬌豔的凱薩琳女皇，
不過是她的一種消遣，
國家之間的廝殺，在她眼裡是一場鬥雞遊戲，
所幸她的那一隻，一直屹立不倒。
唐璜坐在一輛馬車上飛一樣前行，
（一種沒有彈簧的倒楣馬車，

在崎嶇的路上顛簸，要扯碎人的骨頭）
他低頭沉思：關於國王、命令以及勛章。
還有他所做過的事情……
他希望驛馬能如長了翅膀的天馬，
離地飛奔，
以免他碰撞得這麼辛苦！
每當馬車一震動——
震動相當頻繁，
他都要回頭看看那個小女孩，
像是希望她的感覺不要像他一樣糟。
這道路坑洞、石塊遍地，
一條像河的路，船也無法越過，
江河與陸地，農田與漁業，
都終由上帝來掌握。

三十一 女皇的恩寵

唐璜穿著紅上衣，貂皮領子，
傾斜的帽子上插一根長翎，
頗為漂亮。
如海上風濤中蓬起的帆。
華美的馬褲如水晶般閃亮，
一看就知道是喀什米爾製作，
長襪如還沒凝固的鮮乳，
套在勻稱的腳上襯出鮮豔的絲光。
設想他身旁立了佩劍，手拿帽子——
（軍中巧工的裁縫是偉大的魔術師，
一揮魔杖，美即出現，
連自然的鬼斧神工也自嘆不如，
它不懂得使用別針把手腳綳緊。）
看，唐璜就像高踞石座上的英雄，
或者，變成了一個炮兵中尉的愛神。

朝臣們拭目而看，貴婦則低聲細語，
女皇微笑著，
卻不禁皺眉……
最近她的寵幸不知道是哪一位當值。
自從女皇加冕以來，
輪流值班的人太多，
大多身強力壯，一表人才，
且身高足六英呎，一副巨人相。
唐璜與他們可不同：
他身形頎長，面色紅潤；
這個面容如天使般的人物，
在言談舉止間，尤其是眼神裡，
有著遮掩不住的祕密：
仙子的華衣下隱藏著男子的心。
何況女皇也喜歡男孩一樣的男子，
剛剛不是埋葬了一個漂亮的小夥子？

凱薩琳是戰爭的禍根，
也是和平的根源，是任何事物的起因。
（從這些起因產生一切存在，
你可以任意選擇，哪個都行。）
她欣喜地看到，這個信使如此漂亮，
頭上的白翎顯出勝利的光彩；
他跪在那裡，呈上捷報，
她凝視著他，痴痴地忘了拆開。
但立刻想到了女皇的威嚴，
當然也並未忘記自己是個女人，
（這才是構成她整個人四分之三的成分。）
她拆開信，群臣們察看顏色，並提心吊膽。
直到她展顏一笑，天氣才真正晴朗。
女皇的臉雖然很大，卻也莊重，
她的眼睛極其秀美，嘴唇的線條溫柔典雅。
女皇從座上看下來，唐璜往上瞧，

兩人就這樣墜入愛河，
她愛他的容貌、舉止，誰知道還有什麼，
愛情的美酒，飲第一口最易醉。
愛情猶如鴉片，不用太多，
一口便讓人迷醉；
除了淚水，情人的眼睛什麼都能汲取，
尤其是生命的泉水。
這已經足夠，愛情虛無縹緲，
它因自私而起，又因自私結束；
還有一種愛情只是一時的熱忱，
把自己的脆弱與孤獨的美結合，
點綴那顆瘋狂的無法遏止的心，
如果沒有這種美，熱情也就消失；
所以一些旁門左道的哲人，
倡言愛情是宇宙的本源。
朝廷霎時議論紛紛，嘴唇湊著耳朵；

年老的女人皺紋皺得更深，
年輕的女子瞟著彼此，
會心一笑；
八卦的佳人都微笑著，
談論這件新鮮事。
只有那些輪值被寵幸的人，
因嫉妒而流下了眼淚。
其他國的大使都在探問：
這個陌生的年輕人到底是誰？
一剎那間就青雲直上，
這麼快——不過生命也只在一瞬間。
他們彷彿看到，
閃閃的盧布以狂風驟雨的速度，落入他的櫃子，
還有數不盡的其他禮物：
比如幾千條絲質的綬帶，和幾千農奴。
女皇陛下下了一道詔令，

把這個年輕的中尉交給有身分的官員，
要以禮優待；整個世界變得和顏悅色，
（乍一看它確實如此，
但是年輕人記住這點沒有壞處。）
普羅塔索夫小姐也對他高看一等，
她似乎是一位「督察」。
唐璜陪伴陛下，一起出了大殿，
擔負起微妙的職務。

三十二　上流社會

唐璜一躍成為俄國上流人物，
至於為什麼，不需要問，
像這樣的年輕人，
哪能禁得起這麼震撼的誘惑？
不過，他的心卻如女皇寶座上那張軟墊。
歡歌笑舞，觥籌交錯，

少女的笑語融化了冰雪，
冬陽也變得燦爛。
能得到女皇的寵幸是多麼愜意，
儘管他的任務也不簡單，
但是對他來說，正是展顯本事的機會，
他會把每一件事做得漂亮。
他現在已經不是小樹苗，
無論是愛情還是官場上的勾心鬥角，
他都能應付，這對他算是一種報酬，
不像老年人，只能在金錢中獲得樂趣了。
唐璜不必孜孜以求，恩寵自然來到，
這在宮廷還是其他地方都不多見，
源於他的青春貌美，
還有作戰殺敵的功績；
也源於他賽馬一樣的血氣，
和時常更換的漂亮雅緻的行頭……

這使他更加俊美，像太陽被雲霞點綴。
但最主要的還是：那個老女人的賞識。
他寫了信給西班牙的親朋好友，
都聽聞他過得風光愜意，
有點小權力，還能為表兄弟謀份差事，
當天就有幾個回信給他。
他們早就做好了出國的準備。
他們認為：除了要吃點苦，
再加上一件長大衣，
在氣候上馬德里和莫斯科並沒有什麼區別。
當然母親伊內茲最先得到消息，
銀行中的餘額已經不再減少，
雖然被唐璜提取的所剩無幾，
但是他終於可以自食其力，
應付自己龐大的開銷。
她很高興，他不再是那個尋歡作樂的少年，

一個人成熟的象徵就是——
降低花費。
唐璜在溫柔的處境中倍感舒服，
但是他有時又會像某種植物，
一碰到就收縮，羞澀得像含羞草，
像厭倦詩歌的帝王；
也許是寒冷的氣候讓他彆扭，
希望涅瓦河中的結冰五月解凍，
也許在完成女皇的任務時，
外面的美女讓他蠢蠢欲動。
總之不管什麼原因，他病了。
女皇忐忑不安，
趕快傳來御醫——
唐璜的脈搏過於活躍，
顯示出一種將死的徵兆。
身體不斷地發燒，

整個宮廷變得騷動不安，
尤其是女皇十分驚駭，
只能藥劑加量。
唐璜拒絕死神的拜訪，
他的體格健壯，再加上年輕，
讓醫生看到了希望，
最後開出藥方：他應該進行一次旅行。
這裡的氣候不適合來自南方的唐璜，
禁不住在寒冷中變得血氣旺盛，
凱薩琳女皇十分不捨，
臉色變得陰沉且失去了鎮靜。
但是，當她一看見他那明眸變得如此晦暗，
像折翅的鷹，頹墮萎靡，
便決定讓他做一個使者，
當然排場要符合他的身分。
正巧不列顛與俄國正在談判，

商討簽訂某一項條約，
或者交涉某種利益；
或者，一次商務協定。
總之，一再拖延，
大國總是如此，枝節爭議，
沒完沒了。關於波羅的海的航海權，
獸皮，鯨油，牛脂等等，英國人想獨攬所有權。

三十三　穿越歐洲之旅

凱薩琳對寵臣一向慷慨，
把這個祕密的差事交給他去辦，
不但顯示皇室的尊嚴，
也算是給唐璜一番像樣的報酬。
次日，唐璜吻過女皇的手，告別上路，
帶著女皇對他的告誡：
如何與對手周旋，施展手腕。還有榮耀，

以及大量饋贈物，可見恩賜者多麼體貼和周到。
年輕的唐璜乘上彼得堡的漂亮馬車；
這曾是女皇多年前出行的馬車，
炫誇過女皇的冠冕，皇家的顯赫，
如今被賜為唐璜的禮物。
馬車上，只有唐璜和小萊拉（Leila），
她是他從伊斯邁的屠殺中救出的孤兒，
倍受唐璜的呵護，
這顆純潔閃亮的珍珠。
他們經過波蘭，到達普魯士的柯尼斯堡，
這裡有鐵、鉛、銅的礦脈，
還有大哲學家康德。
唐璜不管什麼哲學，只一味向前穿越德意志。
又走過柏林、德累斯頓等城市，
兩岸哥特式風格的城堡聳立，
唐璜他們已經到達萊茵河。

這中世紀的建築引人遐想：
灰色的城牆，生鏽的鐵欄，
遠望像一片銅綠色的廢墟，
讓人嚮往，好似要飄過古代與今世的分界線，
陶醉在虛無縹緲間。
首先映入眼簾的是美麗的阿爾比恩，
啊，可愛的多佛，你的山巒、港灣和旅館；
你的關稅和苛捐，聞鈴趕來，
像侍役。而旅客，成了你們的戰利品。
無論是陸地還是久住海上的主人，
對不諳地形的異鄉人，
絲毫沒有一點情面，
從從容容地列出一大堆帳單。
雖然唐璜年輕、闊綽，還有些揮霍，
他出行多的是盧布、現金、支票和鑽石，
從沒有考慮過要節省支出的問題，

卻也對那帳單瞪了一眼，不過照樣付了錢。
他精明的管家，那個希臘人，
拿著這疊帳單，邊唸邊算，
只有空氣是自由的，可以盡情地呼吸，
可是來這裡呼吸也要花上一大筆。
趕快離開這裡吧，到坎特伯里去！
踏著碎石子路，繞過水窪泥坑，
驛車的速度真是讓人暢快，
不像在德國，慢吞吞送葬般的隊伍，
而且車夫還時常停下來，
喝兩口老酒，
就算罵他們也沒用，這些可悲的傢伙，
如雷電影響不了的避雷針。
一堆毀壞的磚瓦，一片廢舊的船舶，
在汙濁昏暗的煙霧中若隱若現，
極目遠望，廣闊無邊，

隨時有船隻漂過，
之後便消失在無數的檣桅中；
無窮的樓塔也探入到烏黑的雲層裡去。
再一望那巨大的圓頂，
暗褐色如一頂滑稽的帽子：這就是倫敦城！

三十四　路遇強盜

唐璜從舒特山走下來，
在夕陽中，在蜿蜒的坡路，
俯瞰善與惡之谷，
倫敦的街巷非凡的熱鬧，
周圍卻是寂然無聲；
除了車輪軋軋輾轉聲，
就是遠方傳來城市低沉的嘈雜聲，
如渣滓沸騰，蜜蜂嗡嗡。
唐璜從車後，走向山頂，

一邊沉思，這個偉大的國家多麼奇妙，
「啊，這才是自由神選中的地方！」
周而復始的選舉是新生的象徵。
「這裡有純潔的生命、貞潔的妻子；
人們按著自己的意願付款，購買奢侈品，
那是因為他們富足無憂。
這裡的法律神聖不可侵犯，
沒有搶劫，沒有陷阱，到處都很太平，
這裡……」一把刀子打斷他的讚嘆：
「瞎了你的眼！把錢拿出來，
不然就要你的命！」
唐璜對英文一句都不懂，
但強盜的行徑他看得十分明白，
急躁的性情讓他掏出手槍，
擊中一個傢伙，那傢伙大聲嚎叫：
「啊！傑克，那凶狠的法國佬打中了我！」

同夥見狀四散奔逃，
唐璜的侍從們這時也趕到，
一邊讚嘆一邊送上遲到的援助；
唐璜看到還在流血的強盜，
彷彿生命在傾倒，
趕緊叫侍從拿來棉花和繃帶，
一邊進行急救，
一邊後悔自己開槍太快。
「難道用這種方式來歡迎異國人，
是這個國家的習俗？」
也罷，這和旅店的主人也沒什麼兩樣，
只不過他們用鞠躬搶錢，強盜用刀子搶錢。
這個躺在路邊的傢伙還在呻吟，
怎麼辦呢？唐璜看著不忍心，
說：「帶上他吧，我幫你們把他抬起。」
還沒等到他們開始這項善舉，

那垂死者便叫：「別管我！是我罪有應得！
來杯酒多好，買賣沒做成，
就讓我死在這裡吧！」
他呼吸急促，生命的火焰逐漸熄滅，
傷口的血液變得又濃又黑。
他從腫起的脖頸解下一塊領巾，
說：「把這個給莎爾！」然後就死了。

三十五　初入英國社交界

唐璜一行人進了一家旅館，
一家殷勤備至的旅館，
尤其是對外國人，那些被上帝眷顧的人，
從未發現帳單收費高昂。
許多使臣不是長住就是落腳，
（這裡是外交謊言聚集的巢穴！）
直到他們遷往某個著名的廣場，

把自己的頭銜懸掛在銅門上。
唐璜的使命帶著微妙的色彩，
受個人所托，像一個極大的祕密，
所以沒有正式頭銜，
卻傳聞大有來頭，一個異國的使者。
俄國權貴將光臨本國海岸，
人們聽說，他年輕、漂亮又有才華，
還曾迷惑了君主的心。
唐璜將俄國國書，交給顯赫的人物，
裝腔作勢了一番。
這使英國人以為，這小雛兒不費吹灰之力便能對付，
就像老鷹抓捕一隻小鳥一樣。
唐璜風流倜儻，
出入英國社交界，
他的衣冠、舉止無不博得眾人稱讚，
也贏得了愛慕者無數；

一顆碩大的鑽石引人觀看，
據說，那是凱薩琳女皇，
在陶醉的時刻（愛情和美酒的發酵），
送給他的禮物。
他的單身身分，
對小姐們和已婚的少婦極其重要：
不僅增加了前者結婚的渴望，
還讓後者——如果她不拘泥和自傲，
對她也有用處，不像與已婚情郎相好，
守著那麼多規矩，罪過和麻煩，
成倍地糾纏。
少女見了他會臉紅，少婦也如此，
不過那不是瞬間的紅暈，
而是脂粉，脂粉與青春，
都對他施展魅力，有哪個紳士可以拒絕？
早晨，唐璜如公務員，

不過是一場空忙，
這種消耗令人倦怠，
而倦怠最易傳染。
像人披上最毒的索命衣，
躺在沙發上，鬱悶惶恐，
厭惡和絕望……除非是為了母國，
可是母國並未變好，雖是應該變好的時刻。
他下午忙著拜訪、吃飯、打拳擊，
直到黃昏，乘著馬車駛過街道與廣場，
植物花蔭下，蜜蜂嗡嗡，
時髦的淑女漫遊其中，呼吸新鮮空氣。
然後準備赴宴，
花團錦簇，燈光輝煌，
青色的大門發出陣陣聲響，
為幸福的少數人敞開，彷彿進入了一個紙醉金迷的樂園。

三十六 小萊拉的看護人

言歸正傳，我們可愛的唐璜，
現在在倫敦了，一個有名的城市，
這裡布著天羅地網，
等待著東奔西撞的熱血青年。
在這角逐的獵場上，激烈地忙碌，
你早不是生手，但是在異國他鄉，
終究還是有些事情不太懂。
那個小萊拉，長著一對東方人的眼睛，
也像亞洲人一樣沉默，安靜，
看待西方事物並不感到驚奇，
這讓達官貴人覺得驚訝。
他們認為新鮮的事物是飛舞的蝴蝶，
應該像追逐食物一樣捕獵，
她迷人的姿態，傳奇的身世，
一時成為人們津津樂道的謎。

為了承擔教育這孤兒的責任，
很多人紛紛表示自己能勝任，
後來發展成一場競爭。
因為唐璜是顯赫的人物，
所以不能稱為「救濟」或「憐恤」，
否則就是對他人的折辱，
競爭的人有十六位名門寡婦，十位聖賢的女子，
她們的出身可記載入中世紀史。
每個姑母或者表姐都有了打算，
已婚的少婦也充滿無私的熱忱，
為自己的情人撮合闊小姐，
看，這就是上流社會的美德！
這個講究道德的希望之島上，
關照那位闊小姐的人不勝其煩，
如果她是個男孩子有多好。
但是現在必須要把她安置好，

她年輕又純潔，像黎明一樣，
像常言說的，跟白雪一樣潔白，
她純真卻並不怎麼活潑。
現在所有老氣橫秋的女人，
都爭著要來馴服他的亞洲小野人，
他與這個「消滅惡習協會」做了一番評議，
最後選定了品契別克夫人。

三十七　品契別克夫人

品契別克夫人年紀大了，但德行高尚，
以前如此，我相信現在亦如是。
雖然流言蜚語從未消失過，
竟然說——但我耳根清淨。
不願聽一句空穴來風的詆毀；
那些閒言碎語，令人厭惡，
如牲畜所咀嚼的反芻食物。

她有幾句金科玉律的名言，
流傳甚廣，她正獻身於慈善事業，
在她的後半生，將被奉為典範的妻子。
她高尚的德行在上流社會彰顯，
在自己的生活中，又有和藹可親的一面。
面對年輕人的不良習慣，
她從不忍心責罵。
那個東方來的小孤兒，
引起她的興趣，且日益增長。
她寵愛的人當中首推唐璜，
在她的心目中，他本質是好的，
只是被一貫地嬌縱，不僅如此，
他坎坷的經歷——能到現在確是奇蹟，
那些經歷本會置他於死地，
他卻安然無事，至少沒有完全毀滅。
年輕時歷遍世事滄桑，

才不會對一點點事就感到稀奇。
那時候的興衰最能啟發人，
如若不然，發生在已經成年，
人們就會責怪命運之神，
和蒼天的不公允。
逆境見真知，
飽嘗風暴、戰爭和女人之苦的人，
無論在十八歲還是八十歲，
都會獲得經驗——很深的經驗。
至於這經驗到底有多大用處，另當別論。
總之，唐璜把小孤女交給這位夫人，
誰都知道，唐璜非常高興：
他所照看的孩子終於有一位夫人可囑託，
一個好的監護人。
那位夫人的最後一個女兒也已經出嫁，
她可以把剩下的一切轉交給後人，

像市長的遊艇，或者換個詩意的說法，
像維納斯的貝殼。
如果沒人管束，對這孩子絕沒有好處。
唐璜知道自己當不了家庭教師，
也沒有興趣負責這類事，
缺乏教養的被保護人會使他蒙羞。

三十八　結交亨利勛爵

有位阿德玲．阿曼德維夫人，
（這是古諾曼族姓氏，
那些在哥德人最後的田地上流浪的人，會遇上這種世家人。）
是貴族出身，也因此獲得一筆財富。
她還美麗，在美人堆裡也算得上佼佼者——
在英國。哪個真正的愛國人士，
不把它視為最益於身心發展的國度？
她貞潔的愛讓愛誹謗者無計可施，

她嫁給一個自己熱愛的人——
一個在參議會很有聲望的人，
他沉著、冷靜，典型的英國風格，
雖然有時候也會大發雷霆。
卻驕傲於自己和自己的妻子，
純真無瑕。沒有人能道出他們的過錯，
她安於美德，他安於驕傲。
如此，因為外交公務的往來，
他與唐璜常常密切接觸。
他為人嚴謹，不輕易交朋友，
可是唐璜的沉穩耐心與這般年輕就有的才華，
軟化了他的傲慢，
他開始尊重，並與之成為禮貌上的朋友。
驕傲和冷漠讓亨利勛爵常有戒心，
從不輕易對人下結論，但若有了主見，
不管對錯，是朋友還是敵人，

他都固執己見，無法商量，
不屑於任何人的指教，
他的喜好全憑個人的意志左右。
這個西班牙人，獲得了勛爵的青睞，
因為他文雅且不苟言笑，
還很馴良，讓他敬重。
唐璜雖然年輕，卻會溫和認同，
也能矜持有度地反駁。
他洞悉世事，不縱容小過，
因為錯誤往往是滋生大罪過的土壤，
雜草叢生，以後會更難抑止，
它的豐盛早晚超過種下的莊稼。
於是，在亨利的宅邸，即某廣場，
唐璜成了受歡迎的人物，
像其他世家子弟一樣，體面而尊貴。
有人以才氣向人示傲，

有人用財富當通行證，
甚至時髦的裝束，也成了討人歡心的工具，
衣冠楚楚，竟能把其餘的都代替。

三十九　諾爾曼寺院聚會

英國的冬季在七月結束，
而八月又重開始……現在正是結束的時候。
也是馬車夫的樂園：車輪飛轉，
馬車南來北往，如流星趕月。
有誰顧惜它們？車夫只管跑得快不快，
就像人，只顧自己，或自己的兒子，
即使這樣，也有前提：這個親生骨肉，
在大學裡欠下的債務，
不得多於他獲得的知識。
當水銀柱降至零度，啊，看吧！
五花八門的馬車裝滿行李，帶著跟班，

從卡爾頓宮向蘇荷飛奔，風塵滾滾，
這些租到馬車的人是多麼愜意。
城外大道上揚起灰塵，
而城內公園裡，則人煙稀少。
店主拿著帳單，看著馬車夫套好馬車，
只得在一旁長嘆。
亨利爵士及夫人阿德玲，
像其他貴族一樣，也到鄉下來了，
那是一座華貴優雅的府宅，哥特式樣。
可誇耀的悠久世系，在時光中，
逝去了多少英雄美人。
他們的家族就像這古老的橡樹，
一棵樹即是一座墓碑，刻著祖先的事蹟。
這對貴族馳向諾爾曼寺院，
那裡曾是一座古老的修道院，
現在更加古樸滄桑，一貫的哥德式風格，

雕飾和廊簷如今相當罕見，
被建築師稱為難得的標本。
遺憾的是它坐落在山谷中較低的位置，
也許是修道的僧人喜歡靠山背水，
它能擋住風的侵襲好安靜地祈禱。
這哥德式府邸裡，貴賓雲集，
先從女性說起吧：
有公爵夫人費茲甫爾克，愛找彆扭的伯爵夫人，
喜歡打聽的茜莉夫人、糊塗的布賽夫人，
愛出風頭的愛格拉小姐、聒噪的蓬巴靜小姐、
披羽紗的麥克斯臺小姐、一襲束身衣的奧太倍小姐，
那位大銀行家的太太聽說是猶太人，
還有看起來無比可愛的拉比夫人，
其實心地褊狹小器。
今天的東道主是亨利勛爵與他的夫人，
前面那些名字都是嘉賓，

他們的餐桌上擺滿佳餚，豐盛得足以引誘鬼魂，
為了享用跨過冥河來。
無論是湯汁還是烤肉，我都不想再加以細說，
歷史已經重複得太多，關於饕餮的案例；
因飢餓而獲罪的世人啊，你們的幸福是什麼，
自從夏娃偷吃了蘋果，飲食成了準則。
很早的時辰，宴會已告罄，
不會拖延至午夜，那已是倫敦的正午。
在鄉間就不同，淑女們返回自己的閨閣，
總是在月落之前。
啊，每一朵似鮮花睡得香甜，
漸漸恢復玫瑰般的嬌顏，
睡眠安適才能讓臉頰鮮豔，
——幾個秋冬可以省下多少胭脂錢。

四十　獵狐

假如說，在陰鬱而寂靜的夏天，
一陣陣熱帶的風吹過，卻沒有雨，
海浪溫吞吞地翻過，河濤也有些狂怒，
蒼灰色的天空下，景色晦暗，
這一切讓人感覺沉鬱又哀傷，
假如此時望見一個漂亮的姑娘，
該是怎樣的神清氣爽！
伊甸園裡的兩個主角，
追逐，嬉戲。這裡風景秀麗，
彷彿真空，不受黃道十二宮的影響。
然而，難以言傳的感覺次第出現，
太陽、月亮、任何發光的物體，
層巒疊嶂和我們漂移不定的思緒，
歷歷如討債人一樣掃著人的興，
自然界中的討債人和人世間索債的商賈別無二樣。

異國人怎會熟悉這獵狐的遊戲，
帶著雙重危險：
一是跌落馬背，摔得鼻青臉腫，
再是拙劣的演技引來的哄笑。
唐璜自幼在曠野裡馳騁，
迅捷如一個復仇的阿拉伯人；
他的馬熟悉自己背上這名騎馬的行家，
無論是獵馬、戰馬、車馬。
在這片新場地上更突出了他的騎術：
看他越過籬笆、溝渠和欄杆，
毫不猶豫，從未失足，
唯一煩心的是不見獵物的蹤跡，
有時候，他違反了捕獵的行規，
但對於年輕人，誰沒有一時糊塗？
偶爾踩到了獵犬，
還曾將幾位鄉紳擠到了一邊。

但是，人們一律對他表示欽佩，
他和馬，永遠的安然無恙；
對這異邦的才子，無不交口稱讚，
粗莽的男人嚷著：「見鬼！竟然還可以這樣？」
身經百戰的老獵手也嘖嘖稱奇，
這讓他們想起自己的年少時光；
即使最高明的獵手也甘拜下風，
認為自己只能充當助手。

四十一　情挑

跳舞更是他的特長——
在這眉目傳情的舞臺上，所有異國人，
比嚴肅的盎格魯人都要高明。
他靈敏的身手，加上心神專注——
滿足了跳舞藝術必需的條件。
他的舞姿沒有劇院式的造作，

也不是芭蕾舞者般的木偶，
他成為人群中的寵兒，
如愛神般被人仰慕；
驕縱過頭的心，也並沒有太過分，
沒有無休止的虛榮。
有節操的人，和那些生性放蕩的女子，
都屈服於他高超的手腕之下。
愛好征服的費茲甫爾克公爵夫人，
卻想讓他拜倒在自己的裙下。
這個美妙且豐腴的金髮女郎，
有著非凡的言行，意會的眼睛，
幾年來馳名於奢華社會的上流，
守候著她豐碩的戰果。
最近她在猛攻一位勛爵，
奧古斯都·費茲·普蘭泰傑納（Augustus Fitz-Plantagenet）。
這位高貴的紳士，

看到公爵夫人與唐璜調情，面露不悅，
但是他知道不能自討沒趣，
這自由從來就由女人擁有，
他的臉色只會造成不快的場面，
但這種局面有時候很難免，
如果他們靠著女人過活。
社交界裡傳出竊竊私語，
一陣陣譏誚的笑聲，
貴婦皺起眉頭，年輕的少女不敢邁步，
有些人希望不要太過頭，
有些人不相信這樣的存在，
有些人在沉思，有些人感到困惑，
有些人寧願認為失真，整個故事不真實，
也有些人出於同情而開始怨恨。
同情奧古斯都．費茲．普蘭泰傑納勛爵。
奇怪的是沒有人提到公爵本人，

難道他不曾耳聞？
夫人的行徑他並不關心，
連他都容忍妻子的逢場作戲，
別人又有什麼全力干涉。
這一對完美的組合：
一對毫無瓜葛的組合。
阿德玲夫人準備出面阻止，
這個可悲的錯誤發展下去，
她簡單質樸的想法無可厚非，
天真無邪的人，不需要，
少女們樹立的柵欄，
這柵欄的背後從未被人看見。
人人都清楚：公爵夫人最會耍手段，
用卑鄙的方法在情場運轉，
糾纏不清，像一隻狡猾的狐狸，
撒嬌的本事更是一流，

有事無事也會找碴，
讓你不得清閒，惱人又快活。
不舒服，她的忽冷忽熱，
卻又無法放手。
阿德玲夫人，
她那顆不知欺詐的心隱隱不安，
時時把丈夫召到一邊，
商量如何規勸唐璜。
她那讓唐璜脫離女子勾引的妙計，
使得亨利勛爵發笑。

四十二　阿德玲夫人的友情

如一個預言家，他說：
首先，他不會干預任何人的事情，
除了陛下的命令；
其次，對這種眉目不清晰的事情，

不要妄下斷言；
再次，唐璜腦中的主意比鬍鬚還多，
不必被別人牽著走。
最後他說：「忠言未必成就好事。」
在離開之前，他又加上一、兩句話，
像流通在社交場合的貨幣，
雖然有些濫調，
但是因為沒有更好的，照樣流通。
他翻看公文包裡的東西，
打開函件，匆忙看上兩眼，
然後心平氣和地，吻了她一下，
那種吻不像給他年輕的妻子，
倒像是吻一位姐姐。
他善良、冷靜，有著可尊敬的品格，
有著自豪的出身，
在國務議政會上，儀表堂堂，

在國王面前是個得力的大臣，
陛下的華誕，他佩上金星綬帶，
高大而莊嚴，成為百官的典範。
但是，卻總覺得他缺了點什麼，
說不上來，
也許是美麗的女人所謂的靈魂……
不是肉體，白楊般筆挺的身材，
他的相貌實在美好；
不管是在戰爭中還是談戀愛，
他都是一副嚴陣以待的狀態。
而阿德玲，也有這樣一個缺點：
她的心廣闊而華麗，像一座大廈，
但是卻空虛；她的品行潔白無瑕，
是因為還沒有什麼能夠占據它。
她的心搖擺不定，時時觸礁，
遠不及那些堅強的心更有辦法，

但是堅強的心若要自取滅亡，
會在內部整個坍塌。
她不了解他的心，
也許那個時候，她並未愛上唐璜；
即使愛上的話，她也有足夠的毅力，
避開這種危險的衝動。
她對他唯有同情，
這異邦的男子身處險境：
他們的朋友啊，如此年輕！
她一直認定，她是他的朋友，
沒有一絲夾雜，
柏拉圖式的浪漫；
儘管有人從法國或德國學到的男女交往，
都被吸引到「純潔」的一吻！
阿德玲沒有那麼糊塗，不像那些貴婦，
她只盡女人的本性：
保持一個女人對男人最基本的友情。

四十三　物色適婚者

美麗的阿德玲對某人有了興趣，
就會變得更加坦率，
因為喜歡上一個人對她並不容易，
她高貴的教養不肯輕易表露，
卻把全部的身心獻給——
自以為純潔的情誼，
只要對方配得上這番心意。
關於唐璜身世的一些細節，
飛一般的謠傳，像長腳的公報，
她早有耳聞，但是這些魯莽的行為，
對女人來說，遠比男人更寬容。
況且，他自到英國後，舉止端莊，
也顯現著男人的陽剛和氣魄。
阿德玲越來越清楚地看到，
唐璜身上的優點和危險的處境；

她對他產生了濃厚的興趣，
出於一種新奇的感受，
抑或是唐璜的天真無邪感染了她，
天真最容易被天真所吸引，
她開始思索如何拯救他，
因為女人行事喜歡謹慎打算。
像一切勸人者或被勸者，
她熱衷於規勸；
儘管規勸有時代價很高，
最多也只能換回很少的謝意。
她將唐璜的事想了兩、三遍，
理智地得出結論：
從道德上來講，他最好結婚，
於是正式勸告唐璜，趕快找個妻子。
唐璜對這個意見非常讚賞，
這種關係本就相當合理，

但是反觀他自己的情況，
卻不能操之過急，
喜歡他的女子他並不中意，
他看上的人，又不喜歡他，
比如他很願意與某位夫人共結連理，
可是人家早就嫁了人。
阿德玲認定的事情就難更改，
唐璜應結婚，這個想法已足夠。
跟誰呢？她想到聰慧的麗丁小姐、
勞爾小姐、弗勞小姐、舒曼小姐、
諾曼小姐和美麗的繼承人吉爾伯丁姐妹。
有多少可以成為他無可非議的佳偶，
他的不同凡響，
像上緊發條的鐘錶，會一直不停地走。
還有奧達霞、舒絲特玲小姐，
酷好裝扮的大家閨秀，

時刻記著藍綬帶與勛章，
可能是英國的公爵越來越少，
或者是她的豎琴彈得不夠好，
（海中女妖就是這樣誘惑過路人。）
只能和一個外國少爺混在一起，
一個俄國人或者土耳其人——反正一樣。

四十四　奧羅拉・拉貝小姐

難道沒有一位女子適合唐璜？
確實有一位美麗的小姐，
出身高貴，她本人比出身更奪目，
她的名字叫奧羅拉．拉貝，
姿容嬌嫩，如一顆耀眼的明星，
連鏡子也不配映出她美麗的身影，
這朵含苞待放的玫瑰。
她富有且高貴，然而卻孤獨，

由善良的監護人撫育，
她總是一副鬱鬱寡歡，孤獨的神情，
因為血緣與善良終究不同。
所有的至親都離她而去，
年少的心靈該是怎樣徬徨？
無法回歸的家園，她並不了解的世界，
她凝視著陌生，感覺著寂寞。
對世界漠不關心。
她像一朵孤零零的花，沉默——
在自己的心靈境界裡，靜靜地成長。
遠離喧囂，高傲如女王，
人們對她的愛慕摻雜著敬畏，
她有著這樣堅強的力量，
還在這小小的年紀。
阿德玲長長的名單中卻沒有奧羅拉，
她的財富和門第已讓她名聲很高，

遠遠超越前面那些小姐；
她不只有美貌，還有與此相匹的特質，
可謂盡善盡美，值得紳士們下一番功夫。
這種遺漏使唐璜不由得奇怪，
他半開玩笑地提到這一點。
阿德玲卻厭惡地，甚至高傲地不屑回答，
她不明白「那個冷漠、呆板的小孩
有什麼可被唐璜看中的地方」。
唐璜卻說：「她倒很合適，
因為他們信仰相同，她也是一名天主教徒，
不然他的母親不會接受，
教皇也將把他驅逐……」
阿德玲卻打斷他，再次把自己的見解灌輸一遍，
武斷又揚揚自得。
對一個如此純潔無瑕，
且體態和容貌皆完美的人，

阿德玲為什麼抱有偏見，
（無可置疑，這是一個偏見。）
這是一個很微妙的問題，
她天性寬宏灑脫，
也難免有任性的時候，
這並不能完全分開。
這是羡慕嗎？不，絕不是，
阿德玲的地位和心靈絕不可能；
這也不是蔑視，想想吧，
她最大的缺點就是令人無法找尋其缺點；
更不是嫉妒，
這不是——
說不是什麼比說是什麼要簡單得多！
阿德玲夫人與唐璜之間的交談，
（像近來議會的結局）
甜蜜中帶著些許酸味——

這件事被阻止或補救之前，
只怪阿德玲過去太輕率。
銀鈴響了，
更衣的時辰有「半點鐘」，
女士們穿著極少的衣服，用不了半個鐘頭。
大盤成了盔甲，刀叉是武器，
偉大的戰鬥開始在桌上進行。
自荷馬史詩以後，
（他對宴會的描寫不比其他差）
有哪個詩人能列出近代晚宴的菜單？
在那些羹湯、燉肉和作料裡，
所蘊藏的神祕遠遠超過娼婦、女巫或醫師的玄機。
不知道是什麼樣的巧合，
唐璜被安置在奧羅拉和阿德玲之間；
他不能從容用餐，有些尷尬的局面，
想到剛剛那場議會般的長談，

也讓他灰心得不能面面俱到，
阿德玲對他置若罔聞，只有隻言片語，
那雙慧眼卻早已把他看穿。
奧羅拉對他也是一副冷漠的神態，
這讓驕傲的騎士大為光火——
認為是冒犯中最大的冒犯，
似乎在暗示他不值得一顧。
雖然唐璜並不自命風流公子，
但也不願受到這樣的擺布，
像一條船不經意地駛入冰川，
況且事前還聽了那麼多良言相勸。
只是唐璜自有一套討人喜歡的方法，
就是驕傲的謙卑，
他對女士所有的話都認真聆聽，
好像她們的語言是一道迷人的命令，
機敏的個性讓他從尷尬中脫險，

他懂得何時沉默，何時暢所欲言。
他有一項卓越的本領：拋磚引玉，
讓別人吐露衷情，自己卻不曾顯露內心。
冷漠的奧羅拉，
開始把他視為獻殷勤的花花公子，
雖然他比那些紈絝子弟，
那些高談闊論愛賣弄的才子更有頭腦；
他開始得到她的歡心，
對於一顆驕傲的心，
尊重比逢迎更能讓它歡愉，
微妙的異議更得垂憐。
唐璜長得漂亮，這一個特點，
所有的女人有目共睹；
看書多過看人臉的奧羅拉，
雖年輕卻極聰明，
她傾慕智慧女神勝過美麗女神，

尤其是印在書本上的那一種。
然而美德雖是一種約束，
但不及老嫗身上天然的禁錮；
道德上完美無瑕的蘇格拉底，
也表現出對美的欣賞（儘管很謹慎地）。
十六歲的少女純真如蘇格拉底，
無邪地抱持著她的審美觀，
如果這位崇高的聖賢，
在七十歲高齡還有這樣的興致，
抱有幻想，那少女又怎能不愛美？
只要溫和行事不越禮，
又有什麼關係。
人如孤星飄浮於世界的兩端，
在天地的邊緣，晝夜交替。
我們不了解現在，
更遑論將來。

日日夜夜，時間奔流如江水，
我們的生命如浪花，擊碎，又重現，
在歲月中，帝國的青塚，如滄海桑田，
如波濤，逝去，又歸來。

四十五　幻影

晚宴已經結束，戲劇到了尾聲，
桌上殘羹冷湯，女人也已倦怠；
人們一個又一個紛紛離去；
歌聲業已沉寂，舞興開始闌珊；
最後的薄裙也翩然而去，
如天空淡淡的白雲飄散；
客廳裡再無燈火輝煌，
只有殘燭熠熠，和一抹月光。
唐璜也回到了臥房，
只感到無休止的憂戚和徬徨；

他覺得奧羅拉·拉貝的眼睛
比阿德玲夫人所描述的更晶瑩；
如果他明白自己的困境，
就會運用理智開始思索，
行之有效的方法，可是真實卻不容易，
他只能獨自一聲聲嘆息。
寒冷的夜晚如此清靜，
他推開房門，在月色中，
來到一片晦暗的畫廊；
許多名貴的古畫掛成行，
那上面英勇的騎士和貞潔的女郎，
雖然出身高貴，在幽暗的燈光下，
這些死者的畫像，卻顯得陰森可怕。
當唐璜想到世事無常，
和心上人（兩者是一回事）時，
除了他的喟嘆和寂寥的腳步聲，

四十五　幻影

慘淡的古堡裡闃寂無聲，
突然，嘎嘎作聲，
彷彿一個幽靈，漸近他的身邊
令他毛骨悚然。
原來是一個修士，
戴著念珠、頭巾，披著黑色的法衣。
一會兒隱沒在黑暗裡，
一會兒又在月光下；
沉重的腳步聲卻沒有一點聲響，
只有袍子拂過花草上的聲音；
身形飄忽，動作徐緩；
在唐璜身邊經過，
剎那一瞥，晶亮的目光幽幽閃現。
唐璜嚇得有些呆，他聽人講過，
這座古宅裡，有這麼個幽靈，
他像許多人一樣沒放在心上。

以為這樣的舊宅必有鬼神的傳說，
不過是迷信；
誰真正見過鬼，
當紙幣流通不再見到黃金，
莫非真是鬼，還只是幻覺？
他呆立著，如同過了一個世紀，
目不轉睛，提心吊膽，
他的手腳已痠軟，盯著鬼魂出現的地方，
一點一點地復原。
彷彿做了一個夢，他知道——
他一直很清醒，
失魂落魄地走回寢室，
冷汗已溼透貼身的衣服。
室內一切如先前一樣，
燃燒的蠟燭，並沒有什麼藍光，
以無限的同情來迎接幽靈，

他揉了揉眼睛，
拿起一份舊報紙閱讀，讀得很清楚，
一篇關於攻擊國王的文章，
還有一則宣傳鞋油的長長的廣告。
儘管手還在顫抖，
卻體會了回到了人間的味道，
他關上門，又讀了一段關於霍恩・托克（Horne Tooke）的文章，
便慢慢脫去衣服，上了床。
找一個舒適的位置埋在枕頭裡，
剛才所見的事情在幻想裡，
如鴉片般催眠，
睡意漸濃，他進入沉睡。
很快便醒來，如人所料，
對昨晚的幽靈，他久久不能釋懷，
想說與眾人聽，又怕被人嘲笑自己的迷信，
他左右為難，

僕人敲門提醒，梳妝的時刻已經到來，
唐璜規定的時間不能疏忽。
在唐璜的眼中，宴會死氣沉沉，
他坐在自己的座位上，心緒煩亂，
恍惚如靈魂出竅，一動不動，
黏在椅子上一般。
周圍刀叉碰撞彷彿一場混戰，
他卻視而不見，直到有人需要一點魚翅，
說過兩遍未加理會。
他的眼睛與奧羅拉相視，
面頰上露出一抹笑意，
對於不善笑的人，這微笑大有深意，
存有明顯的目的，
但是在奧羅拉的微笑裡，
看不出希望或愛情的暗示，
也沒有女人常有的那種心計。

那是一個迷人的沉思般的微笑，
表達著憐憫，和驚異，
唐璜忽然紅了臉，不是一個智者所為，
沒有利用她的矚目，繼續把城堡攻破，
他本來精於此道，
卻因為昨夜的鬼影擾亂了心智。
阿德玲無暇顧及，一整天忙著出風頭，
她儀態萬方，煞是迷人，
對正食著魚和野味的人獻殷勤，
端莊得體又謙遜大方，
肩負重任的女人毫不含糊，
（特別是六年的選任快要到期）
她們的職責是
讓丈夫、子姪安穩地度過改選的激流險灘。
正當阿德玲竭力應酬，
美麗的費茲甫爾克卻悠閒自在，

她極好的教養不會當面嘲笑人，
但藍眼睛一閃，便把醜態盡收眼底，
當成笑料儲存起來，
他日作為一項慈善的消遣。

四十六　夜奔

白晝已然耗盡，
盛宴又到尾聲，
馬車已經備好，女士們站起身，
一邊行著鄉間的禮，一邊退下，
陪著他們溫文爾雅的丈夫，
所有的人都對晚餐和主人深表滿意，
尤其喜歡阿德玲夫人。
夜如以往一樣靜且黑；唐璜脫去衣服，穿得少得不能再少，
坐在那裡，不能去睡，
因為他掛念著那鬼魂是否來訪，

期待著，又似乎怵心，
他的感情矛盾得無法表述。
果然來了嗎？那是什麼聲響？
那個黑衣修士，可怕的腳步聲，
像整齊的韻腳，
再一次從幽暗的夜幕中出現，
唐璜膽顫心驚，
此時人們已進入夢鄉，
寂靜得只有寶石般的星星看著人間。
他先是懼怕，既而憤怒，
一躍而起，向前走去，鬼魂開始後退，
唐璜決心弄個水落石出，步步緊逼，
他的血液熱起來，一路追隨，
鬼魂停住腳步，後退，
直退到古老的牆壁，巋然不動。
唐璜伸出一隻手——天吶！

他碰到的不是靈魂也不是肉體，
是冰冷的牆壁；
月光灑在牆壁上，
晃著窗格的影子，
他不寒而慄，
連最大膽的人也會對這無形的恐懼生畏，
奇怪這虛幻的影比它們的原形更令人懼怕。
困惑的唐璜再次伸出一隻手，
他按在灼熱的胸脯上，
似乎還有一顆心臟在跳，
在慌亂中他又犯了一個錯誤，
抓住了牆壁，
卻放走了正在追索的東西。
這個鬼——如果真是鬼的話，
倒是個迷人的美鬼：
淺淺的酒窩，與潔白的頸項，

完全是一個血肉之軀嘛，

此時，陰森的頭巾與黑色的衣袍向後脫落——

啊呀！

豐腴可人的身體完全暴露：

原來是愛嬉戲的費茲甫爾克公爵夫人！

電子書購買

爽讀 APP

國家圖書館出版品預行編目資料

我願做無憂無慮的小孩，拜倫浪漫詩選：回到蒼涼卻壯美的吾鄉，凝視我幼時熟悉的風光 / [英] 拜倫（George Byron）著，林驄 譯 . -- 第一版 . -- 臺北市：崧燁文化事業有限公司，2023.10

面； 公分

POD 版

ISBN 978-626-357-641-4(平裝)

873.51 112014118

我願做無憂無慮的小孩，拜倫浪漫詩選：回到蒼涼卻壯美的吾鄉，凝視我幼時熟悉的風光

臉書

作　　者：[英] 拜倫（George Byron）

翻　　譯：林驄

發 行 人：黃振庭

出 版 者：崧燁文化事業有限公司

發 行 者：崧燁文化事業有限公司

E-mail：sonbookservice@gmail.com

粉 絲 頁：https://www.facebook.com/sonbookss/

網　　址：https://sonbook.net/

地　　址：台北市中正區重慶南路一段六十一號八樓 815 室

Rm. 815, 8F., No.61, Sec. 1, Chongqing S. Rd., Zhongzheng Dist., Taipei City 100, Taiwan

電　　話：(02) 2370-3310　　　傳　　真：(02) 2388-1990

印　　刷：京峯數位服務有限公司

律師顧問：廣華律師事務所 張珮琦律師

定　　價：375 元

發行日期：2023 年 10 月第一版

◎本書以 POD 印製